D1464926

© 1990 by GRAFIT Verlag GmbH,
korrigiert nach den neuen Regeln deutscher Rechtschreibung
und neu gesetzt © 2013 by GRAFIT Verlag GmbH
Chemnitzer Str. 31, D-44139 Dortmund
Internet: http://www.grafit.de
E-Mail: info@grafit.de
Alle Rechte vorbehalten.
Umschlagfoto: dioxin / photocase.com
Druck und Bindearbeiten: CPI – Clausen & Bosse, Leck
ISBN 978-3-89425-006-5
13. 14. / 2016 15 14 13

Jürgen Kehrer

Und die Toten lässt man ruhen

Kriminalroman

Der Autor

Jürgen Kehrer wurde 1956 in Essen geboren. 1974 von der Zentralen Vergabestelle für Studienplätze nach Münster geschickt, fand er das Leben in dieser Stadt bald so angenehm, dass er noch heute dort wohnt.

Mit *Und die Toten lässt man ruhen* debütierte Kehrer 1990 als Kriminalschriftsteller. Damit nahm nicht nur seine, sondern auch die beeindruckende Karriere des sympathischen, unter chronischem Geldmangel leidenden, münsterschen Privatdetektivs Georg Wilsberg ihren Anfang. Im Laufe der Jahre sind siebzehn weitere Wilsberg-Krimis erschienen. 1995 wurde Wilsberg für das Fernsehen entdeckt und ermittelt seitdem regelmäßig in der Samstagabendkrimireihe im ZDF.

Neben den Wilsberg-Geschichten schreibt Jürgen Kehrer historische und in der Gegenwart angesiedelte Kriminalromane, Drehbücher fürs Fernsehen und Sachbücher.

www.juergen-kehrer.de

Auf den beigefügten überarbeiteten Seiten habe ich die Sprengung des Polizeihauptquartiers gestrichen; habe den Angriff auf Renos Haus gestrichen, der von vornherein nicht hineingehört hätte; und habe die Sprengung von Yards Haus zu einer einfachen Schießerei hinter den Kulissen umgeschrieben. Diese Veränderungen werden, denke ich, den Andrang erheblich mildern. Wenn Sie zusätzliche Überarbeitungen für ratsam halten, lassen Sie es mich bitte wissen.

Dashiell Hammet

I

Ich saß hinter meinem Schreibtisch und bearbeitete gerade mein rechtes Bein. Es juckte fürchterlich und ich kratzte, bis die ersten Blutstropfen in die hellen Socken liefen. Fluchend zog ich das Hosenbein hoch und lief humpelnd durch das Büro, weil ich nicht wusste, wo ich die Salbe hingelegt hatte.

Ausgerechnet in diesem Moment musste natürlich ein Kunde kommen. Wenn irgendwelche Kunden kommen, und es kommen wenig genug, stören sie mich meist bei einer wichtigen Sache. Wütend ließ ich das Hosenbein herunter und stapfte mit leicht schmerzverzerrtem Gesicht in den Laden. Vor mir stand ein angegrauter, spätmittelalterlicher Herr.

»Ich dachte ...«, sagte er.

»Ja, bitte?«

»Draußen hängt doch ein Schild: *Detektivbüro Georg Wilsberg.*«

»Das bin ich.«

»Aber das hier ...«

»... ist ein Laden für Briefmarken- und Münzsammler. Das Detektivgeschäft ist nicht einträglich genug, um davon leben zu können. Das Briefmarken- und Münzgeschäft übrigens auch nicht. Beides zusammen reicht gerade.«

»Aha.« Er schien von mir als Geschäftsmann nicht besonders überzeugt zu sein.

»Sie wollen also meine Dienste als Detektiv in Anspruch nehmen?«, half ich ihm auf die Sprünge.

Er überlegte einen Moment, ob er das tatsächlich noch wollte, und entschied sich dann für das kleinere Übel, für mich. Ich schloss die Ladentür ab, gab meinen Stammkunden durch ein Schild zu verstehen, dass sie mich heute nicht mehr erreichen würden, und bat den neugewonnenen Klienten in mein Büro.

Mein Büro war alles andere als repräsentabel. Ein langer Schlauch, der an der Stirnseite einen Blick auf den Roggenmarkt, die Verlängerung von Münsters Prachtstraße Prinzipalmarkt, und die Lambertikirche erlaubte. Im Vergleich mit dem dort versammelten Glanz wirkte die diesseitige Inneneinrichtung doppelt schäbig. Ein Schreibtisch in Gelsenkirchener Barock, überhäuft mit Zeitschriften und Geschäftspapieren, dahinter mein größtes Schmuckstück, ein moderner Bürosessel, der einzige Luxus, den ich mir in den letzten Jahren geleistet hatte. Die durchgesessenen Besucherstühle waren von einem etwas unappetitlichen Grau, und die schwarz lackierten Ikea-Regale konnten das Ganze auch nicht mehr retten.

Ich besah mir den potenziellen Auftraggeber genauer. Das scharfgeschnittene Gesicht zeugte von Willenskraft, die von der helmartig geschnittenen, grauen Frisur noch betont wurde. Als er sich mir zuwandte, fing ich einen Blick auf, der ohne Mühe einen Zehnmarkschein zum Brennen gebracht hätte. Ich konnte mir vorstellen, dass es vielen Leuten Schwierigkeiten machte, ihm in die Augen zu blicken. Nach ein paar Sekunden merkte ich, dass ich angefangen hatte, mich zu kratzen. Wütend betrachtete ich meine Finger, während er den Rest meiner früheren Existenz musterte.

»Für einen Detektiv haben Sie erstaunlich viele juristische Fachbücher«, bemerkte er.

»Ich war mal Rechtsanwalt«, warf ich leichthin ein.

»Ach so.« Wieder durchbohrte er mich mit seinem Blick, bis ich ein hohles Gefühl im Magen verspürte. »Mit Rechtsanwälten habe ich schlechte Erfahrungen gemacht.«

»In jedem Beruf gibt es schwarze Schafe.«

»Ja, natürlich.«

Er wanderte weiter und studierte jetzt die Titelseiten der Philatelisten- und Numismatikerblätter, die auf meinem Schreibtisch lagen. Das Verbandsorgan des Detektivbundes hatte ich dummerweise mit nach Hause genommen.

»Wie kommt ein Rechtsanwalt dazu, Briefmarkenhändler zu werden?«

»Irgendwann muss man sich entscheiden, ob man sich abrackern und Karriere machen oder ob man in Ruhe alt werden will.«

»So alt sind Sie doch noch gar nicht.«

»Alt genug. Außerdem habe ich ja mein Detektivbüro als Ausgleich, wo juristische Kenntnisse nicht von Nachteil sind.« Dass man mir die Anwaltslizenz lebenslänglich entzogen hatte, brauchte ich ihm ja nicht auf die Nase zu binden.

»Was haben Sie denn für Referenzen als Privatdetektiv? Irgendwelche Diplome?«

Allmählich ging mir auf, dass er die Hausherrn- und Gastrolle vertauscht hatte. Wenn ich nicht länger wie ein dummer Prüfling dastehen wollte, musste ich etwas unternehmen.

»Fernstudium mit Abschluss«, sagte ich mit leichter Schärfe im Unterton. »Im Übrigen darf sich jeder Detektiv nennen, der in der Lage ist, bei einem Handwerker ein Hausschild in Auftrag zu geben. Aber ich zeige Ihnen gern mein Diplom. Vielleicht möchten Sie auch den Mitgliedsausweis des Fachverbandes sehen?«

Er war keine Sekunde irritiert. Allerdings schien ihm meine Empörung nicht entgangen zu sein. »Entschuldigen Sie, dass ich Sie so befrage, aber ich möchte sichergehen, dass gute Arbeit geleistet wird.«

Ich ging um den Schreibtisch herum und ließ mich auf den Bürosessel fallen. »Wenn Sie sich entschieden haben, nehmen Sie doch bitte Platz und erzählen mir, worum es geht!« Ich war mit meinem Auftritt zufrieden.

Wieder nahm er eine Auszeit von mehreren Sekunden. Dann setzte er sich ohne Zögern oder den Versuch zu machen, mit der Hand den Staub wegzuwischen, auf einen der Besucherstühle.

»Mein Name ist Hermann Pobradt. Ich komme zu Ihnen, weil Sie einen Mord aufklären sollen.«

Meine Hoffnungen auf einen netten Nebenverdienst schwanden dahin. »Für Morde ist die Polizei zuständig«, warf ich pflichtgemäß ein.

»Für Morde wäre die Polizei zuständig«, korrigierte er mich. »In diesem Fall hat sie nichts unternommen, um den Mord aufzuklären. Rein gar nichts. Von vornherein wurde auf Selbstmord erkannt. Die Indizien wurden vertuscht oder nicht zur Kenntnis genommen. Nach drei Tagen stellte der Staatsanwalt das Ermittlungsverfahren ein. Aus und vorbei.«

»Warum sollte die Polizei so etwas tun?«, fragte ich.

»Weil ein Mächtiger dieser Stadt beteiligt war. Er sorgte im Stadtrat dafür, dass mein Bruder Aufträge zugeschoben bekam. Gegen eine entsprechende Provision natürlich, man könnte auch sagen: Schmiergeld. Aber mein Bruder war kein schlechter Mensch. Durch seine geldgierige Frau ist er da hineingerutscht. Sie hat ihn wieder und wieder gedrängt, die Mauscheleien mitzumachen, bis er schließlich einwilligte. Und dann konnte er sich selber nicht mehr in die Augen sehen. Er wollte aussteigen, verstehen Sie? Er wollte alles hinschmeißen, er wollte sogar an die Öffentlichkeit damit. Das konnte der andere nicht zulassen. Und meine Schwägerin, die geldgierige Hyäne, hat ihm dabei geholfen.«

»Sie wissen also, wer der Mörder ist«, stellte ich sachlich fest.

»Sie war's. Niemand anderer hatte dazu Gelegenheit. Und sie hat sich nach der Tat sehr verdächtig benommen.«

Ich konnte nicht behaupten, dass ich noch auf dem Boden stand, den ich vorübergehend gewonnen hatte. Seine Stimme war zu einem mächtigen Donnern angeschwollen, dazu funkelte er mich mit seinen Brennglasaugen an. Außerdem bildete ich mir ein, den Namen Pobradt schon einmal gehört zu haben.

»Sagen Sie, was für eine Art Unternehmen führte Ihr Bruder?«

»Ein Bauunternehmen.«

»Pobradt Hoch- und Tiefbau? Am Horstmarer Landweg?«

Er nickte. »Sie leitet die Firma noch immer. Das heißt, sie lässt leiten, während sie sich auf Teneriffa in der Sonne aalt.«

Ich hatte in letzter Zeit überhaupt nichts von einem Selbstmord in diesem Zusammenhang gelesen.

Mit einem kurzen Stoß pfiff er Luft durch die Nase. »In letzter Zeit ... Wer sagt denn, dass der Mord in letzter Zeit passiert ist. Mein Bruder ist seit zwanzig Jahren tot.«

Automatisch griff ich zu meinen Zigarillos und steckte mir einen an. Dann schaute ich dem Rauch hinterher. Etwas Klügeres fiel mir nicht ein.

»Was ist? Wollen Sie den Fall übernehmen?«

»Sie meinen, ich soll einen Mord aufklären, der vor zwanzig Jahren geschehen ist?«, schob ich die Antwort auf die lange Bank.

»Glauben Sie, ich komme aus Langeweile zu Ihnen? Da könnte ich mit meiner Zeit etwas Besseres anfangen.«

Ich überhörte die Anspielung. »Warum haben Sie denn in der Zwischenzeit nichts unternommen?«

»Weil ich an die Gerechtigkeit der deutschen Justiz geglaubt habe. Wie soll man als einfacher Staatsbürger auf den Gedanken kommen, dass die Justiz die Hure der Macht ist, wie es einmal ein deutscher Philosoph ausgedrückt hat? Jahrelang habe ich versucht, den normalen Rechtsweg zu beschreiten. Ich habe gekämpft, das können Sie mir glauben. Erfolglos. Ich bin gegen eine Mauer aus Ignoranz und moralischer Haltlosigkeit gelaufen. Jetzt sind mir die Mittel egal. Ich nehme alles, wenn nur die Wahrheit ans Licht kommt.«

Mit alles war offensichtlich ich gemeint. In seinem prophetischen Zorn steckte allerdings keine Spur von Ironie. Er meinte jedes Wort genauso, wie er es sagte.

»Ich bin einverstanden«, erklärte ich ihm. Vielleicht würde ich zehn Tage lang in alten Akten wühlen und dann den Fall für unlösbar erklären. Das brachte 1.500 Mark plus Spesen.

»Mein Tarif ist 150 Mark am Tag, plus Spesen. Zwei Tagessätze im Voraus. Sollte die Arbeit von zwei vollen Tagen nicht nötig sein, erhalten Sie den Rest zurück. Sie bekommen jeden zweiten Tag einen mündlichen und am Ende einen schriftlichen Bericht.«

Er trug den Betrag auf einem Scheck ein: »Setzen Sie einen Vertrag auf!«

Ich zog ein Auftragsformular aus der rechten oberen Schublade und füllte es aus. Mit einem goldenen Füllfederhalter warf er eine überdimensionale Unterschrift aufs Papier.

»Sie müssen mir noch einige Einzelheiten erzählen«, sagte ich, während ich ihm die Durchschrift überreichte und das Original in der rechten unteren Schublade verstaute.

»Fragen Sie! Machen Sie sich Notizen!«

»Wenn Sie gestatten, werde ich das Gespräch auf Band aufnehmen. Ich habe die Erfahrung gemacht, dass man nicht gleichzeitig zuhören und schreiben kann.«

Mit einer unwirschen Kopfbewegung gab er zu verstehen, dass ihm jeder weitere Zeitaufschub unwillkommen sei.

Sein Bruder sei mit einem Kopfschuss gefunden worden, allerdings nicht gleich tot gewesen, berichtete Pobradt. »Können Sie sich vorstellen, dass ein passionierter Jäger, wie

mein Bruder einer war, keine sichere und schnelle Tötungs-
art kennt?«

Ich konnte es mir nicht vorstellen, besaß aber auch wenig
Jagderfahrung, ja noch nicht einmal einen Waffenschein.
Klienten, die mich danach fragen, pflege ich zu sagen, dass
ich mich ohne Waffe sicherer fühle. Immerhin kann mich
niemand in Notwehr erschießen.

»Und meinen Sie, Wilma, diese Schlampe, hätte sofort einen Krankenwagen gerufen?«

Langsam gingen mir seine rhetorischen Fragen auf den
Nerv. Ich machte ihm klar, dass ich nicht an einer Quiz-
sendung teilnehmen wollte.

»Nein«, antwortete er an meiner Stelle, »sie hat gewartet, bis
er langsam verblutet war. Der Polizei hat sie später erzählt,
sie habe einen Schock erlitten. Dann ist sie geschickterweise
zu einem Nachbarn gelaufen. Der gute Mann, ein nicht gerade mit übermäßiger Intelligenz gesegneter Mensch, hat sich
zuerst die Sauerei angesehen, bevor er etwas unternahm.«

»Das sind aber doch verständliche Reaktionen«, warf ich
ein.

»Verständlich, wenn man den teuflischen Plan dahinter
sieht«, knurrte Pobradt mich an.

»Ihre Schwägerin, die Frau des Toten, war also anwesend,
als es passierte?«, versuchte ich, ihn auf die sachliche Schiene
zurückzubringen.

»Sie sagte, sie sei im Nebenzimmer gewesen. Dafür hat sie
natürlich keine Zeugen.«

Ich betrachtete eine Zeit lang interessiert zwei kleine Wunden an meiner rechten Hand. »Gab es Abschiedsbriefe?«

»Drei.«

»Das sind ziemlich viele für einen vorgetäuschten Selbstmord.«

Er zuckte mit den Schultern. »Ob einen oder drei, was

macht das schon aus? Wer einen fälscht, kann auch drei fälschen.«

»An wen waren die Briefe gerichtet?«

»An sie, an mich und an Hillerich.«

»Wer ist Hillerich?«

»Sie kennen Kurt Hillerich nicht?«

Schon wieder eine dieser Fragen. Ich erklärte ihm, dass ich erst seit vierzehn Jahren in Münster lebte.

»Kurt Hillerich, Großbauer und früherer Bürgermeister von Hiltrup. Nach der Eingemeindung Mitglied des Rates der Stadt Münster. Planungsausschuss, wenn Ihnen das was sagt.«

Ausnahmsweise sagte mir das mal was. »Der, mit dem Ihr Bruder die Mauscheleien ...?«

»Richtig«, lobte er mich für meine schnelle Auffassungsgabe.

»Was stand denn in den Briefen?«

Wortlos griff er in die linke Brusttasche seines Jacketts und zog einen zerknitterten Zettel hervor. Auf dem stand in krakeliger, nach links gebeugter Schrift: *Lieber Hermann, ich bin das dauernde Theater leid. Verzeih mir bitte! Alles Gute auch für Mutter und die Unsrigen! Dein Karl.*

»Was für ein Theater ist damit gemeint?«

»Na, der ständige Streit mit ihr natürlich. Aber sehen Sie, auch das ist wieder ein Hinweis darauf, dass die Briefe gefälscht sind. Theater würde er das nie nennen. Das ist einer ihrer Ausdrücke.«

»Hat er in den beiden anderen Briefen einen wesentlichen Hinweis gegeben?«

»Ich glaube, Sie verstehen mich nicht richtig. *Er* hat überhaupt keinen Hinweis gegeben. Denn die Briefe stammen nicht von *ihm*. Wer jahrelang mit einem Menschen zusammenlebt, sollte in der Lage sein, dessen Schrift zu kopieren.«

»Sie geben also zu, dass die Schrift in diesem Brief der Ihres Bruders zum Verwechseln ähnlich sieht?«

»Junger Mann, ich bezahle Sie nicht, damit Sie mir dieselben Fragen stellen, die mir damals auch dieser Bürokrat von Staatsanwalt gestellt hat.«

Das konnte ja heiter werden. Von wegen leichtverdientes Geld. Langsam sehnte ich mich nach meinen alten Männern, die ihre 52-Serie der ungarischen Post vervollständigen wollten. Aber schließlich schaffte ich es doch, Pobradt davon zu überzeugen, dass ich alle, auch die abwegigsten Fragen stellen musste, um einen genauen Überblick über den Fall zu bekommen. Seinerseits rückte er damit heraus, dass er den Inhalt der beiden anderen Briefe nicht kannte. Hillerich habe seinen vernichtet und Wilma den ihren nur der Polizei vorgezeigt.

»Einmal gesetzt den Fall«, begann ich erneut, »nur mal gesetzt den Fall, die Ehestreitigkeiten waren tatsächlich unerträglich. Warum hat er sich dann nicht einfach scheiden lassen?«

Pobradt warf mir einen vernichtenden Blick zu. »Wir sind katholisch. Katholisch geboren, katholisch erzogen und katholisch verheiratet. Scheidung kommt nicht infrage. Außerdem hätte sie einwilligen müssen. Aber sie dachte gar nicht daran, sich scheiden zu lassen. Sie wollte die Chefin eines großen Betriebes bleiben. Meinen Sie, sie hätte wieder Haare gewaschen und Dauerwellen gelegt, wie sie es früher musste, bevor mein Bruder, dieser Idiot, sie aus diesem miesen Friseurladen herausgeholt hat?«

»Sie mochten Ihre Schwägerin nie besonders, stimmt's?«

Pobradt sprach die Antwort in Richtung meiner juristischen Fachbücher: »Sie passte nicht zu uns. Wir kommen vom Lande. Wir haben einen einfachen, bescheidenen Lebensstil. Sie wollte das große Leben. Schicke Kleider, teure

Autos, nette Partys. All dieser verdorbene Schnickschnack, mit dem reiche Leute ihre Zeit totschlagen. Und mein Bruder lag ihr zu Füßen, anfangs jedenfalls. Las ihr jeden Wunsch von den Lippen ab, wie das in diesen Schundromanen heißt. Ein neuer Pelz, kein Problem. Urlaub auf Mallorca, warum nicht? Außerdem war sie evangelisch.«

Einen Moment lang war ich versucht, ihm mitzuteilen, dass ich praktizierender Atheist sei, doch dann verzichtete ich darauf mit Rücksicht auf meinen katastrophalen Kontostand.

Pobradt war in Gedanken versunken und schien in den letzten Minuten um Jahre gealtert zu sein. Die Erinnerungen an die Geschehnisse von damals hatten ihn offensichtlich mitgenommen. Trotz seines aufbrausenden und anmaßenden Wesens tat er mir ein bisschen leid. Und ich kam nicht umhin, ihm eine peinliche Frage zu stellen.

»Hatten Ihr Bruder oder seine Frau zur damaligen Zeit eine Affäre?«

»Wie bitte?«

»Eine Geliebte oder einen Geliebten? So was soll in den besten Ehen vorkommen, in den schlechten sowieso. In diesem Fall hätten wir einen Grund für die Ehestreitigkeiten und sogar ein Tatmotiv.«

»Quatsch. Karl und eine Geliebte – eine unmögliche Vorstellung. Ich sagte doch schon: Wir sind katholisch erzogen worden. Ihr wäre es natürlich zuzutrauen. Aber sie hätte sich eher einen Finger abgebissen, als einen Grund für eine Scheidung zu liefern.«

Langsam ging der Tag zur Neige und die Schuppen auf meinem Schreibtisch glänzten in der untergehenden Sonne. Mir wurde bewusst, dass ich für 150 Mark am Tag etwas bieten musste.

»Möchten Sie etwas trinken? Kaffee, Tee, Mineralwasser, etwas Alkoholisches?«

»Nein, danke. Ich lebe abstinent. In jeder Beziehung.«

Ich hatte mir so was gedacht.

»Gut. Dann machen wir weiter. Am Anfang haben Sie erwähnt, dass Ihre Schwägerin und dieser Hillerich bei dem Mord zusammengearbeitet haben. Welches Interesse hatte Hillerich an Ihrer Schwägerin, wenn er, äh, von ihr als Frau nichts wollte?«

Pobradt lachte kurz und freudlos auf. »Hillerich war nur an einem interessiert, an Geld. Und in dieser Beziehung konnte Wilma ihn verstehen. Da hatten sich zwei verwandte Seelen gefunden. Hillerich wollte, dass die Firma Pobradt im Geschäft blieb, und Wilma wollte das auch. Beide profitierten vom sogenannten Selbstmord meines Bruders.«

»Ich weiß zwar, dass Leute schon wegen geringfügigerer Sachen umgebracht worden sind, trotzdem scheint mir das als Tatmotiv etwas dürftig.«

»Ich habe nie behauptet, dass das der einzige Grund war. Die Ehe bestand nur noch auf dem Papier. Nach der glorreichen Anfangszeit merkte mein Bruder sehr schnell, dass er sich eine Luxusnutte ins Nest geholt hatte. Bald stritten sie sich wegen jeder Kleinigkeit. Wie oft ist Karl zu mir auf den Hof gekommen und hat sich bitterlich über seine Frau beklagt! Das war keine Ehe mehr, das war die Hölle. Als dann mein Bruder fest entschlossen war, die Verbindung mit Hillerich zu kappen und damit den mittlerweile erreichten Lebensstandard aufs Spiel zu setzen, kam für sie der Moment des Handelns.«

»Hillerich war demnach kein direkter Komplize?«

»Ich denke, dass er sie in ihrer Absicht bestärkt hat. Und sie hat sich von ihm sicherlich die Zusage geholt, dass das Geschäft weiterlief. Ein Vertrag unter Aasgeiern sozusagen.«

Manchmal schlichen sich in seine wohlgesetzte Rede recht

derbe Vokabeln ein. Irgendwo musste dieser Moralapostel schon mal mit dem prallen Leben Bekanntschaft gemacht haben.

Wie sich durch Nachfragen ergab, wusste Pobradt nichts Genaueres über die Kontakte zwischen Hillerich und Wilma. Auch von den Details der Geschäfte, die Hillerich und Karl miteinander abwickelten, hatte er keine Ahnung. Karl hatte sich, was dies anging, immer mit Andeutungen und versteckten Hinweisen begnügt.

Schließlich sprachen wir noch eine Weile über polizeiliche Ermittlungen, Schlamperei und Korruption im allgemeinen und bei der münsterschen Polizei im besonderen. Es dämmerte bereits, als wir aufstanden und uns die Hände reichten. Trotzdem sah er meinen wunden Punkt mit einem Blick.

»Was haben Sie denn mit Ihrer Hand gemacht?«

»Neurodermitis.«

»Was ist das?«

»Eine erblich bedingte Hautkrankheit, die unter bestimmten Umständen – schlechte Ernährung, Stress oder auch aus unerfindlichen Gründen – zu Juckreiz führt.«

»Bedeutet *Neuro* nicht Nerven?«

»Ja. Früher dachte man, dass die Krankheit psychische Ursachen hat. Heute hat sich die Lehrmeinung geändert.«

»Sie haben doch nicht etwa schwache Nerven?«

»Wäre ich dann Detektiv?«

Er schaute mir lange in die Augen, und ich gab mir alle Mühe, seinem Blick standzuhalten. Als das vorüber war, durfte ich ihn durch den Laden nach draußen führen. Mit seinem unscheinbaren grauen Anzug verschwand er blitzschnell in der Menge der Feierabendeinkäufer. Ein verbitterter älterer Herr, der zwanzig Jahre lang einer fixen Idee nachgelaufen war.

Die nächsten zwei Stunden saß ich rauchend und grübelnd am Schreibtisch. Zwischendurch fand ich meine Salbe. Sie war unter den Sessel gerutscht.

Dann rief ich Willi an.

II

Briefmarken- und Münzläden sind nicht mehr das, was sie früher einmal waren. Heutige Jugendliche sammeln CDs und Computerprogramme, aber keine prägefrischen Fünfmarkstücke. Mit dem Fall des Ansehens, den eine ordentliche Sammlung genießt, steigt das Alter meiner Kunden. Aber es sind Stammkunden, die mir treu bleiben und sich gerne zu einem Schwätzchen im Laden treffen, wo sie fachsimpeln oder einen lange vorbereiteten Tausch besprechen. Keine noch so gut ausgebügelte Falz und kein winziger Kratzer entgeht ihren kritischen Augen. Ich würde es allerdings sowieso nicht wagen, ihnen fehlerhafte Exemplare anzudrehen. Sie wären, im Falle der Entdeckung, tödlich beleidigt und würden mich fortan mit Missachtung strafen.

Meine Stammkunden sind arbeitslose oder pensionierte Männer zwischen fünfzig und siebzig. Ich habe sie von meinem Vorgänger übernommen, der im Alter von 82 Jahren selig entschlummert ist. Seine Witwe, immerhin auch schon 76 Jahre alt, hatte für den Laden keine Verwendung mehr. Damals musste ich gerade unrühmlich aus der juristischen Laufbahn ausscheiden und suchte nach einer neuen Beschäftigung. Unselbstständiges Arbeiten liegt mir nicht, also hielt ich die Augen auf nach einem Geschäft, von dem ich ein bisschen verstand und das in nicht allzu viel Stress ausarten würde.

Die Witwe war sich über den gesunkenen Marktwert ihres Erbes im Klaren und bot es mir zu einem sehr günstigen Preis an. Ich kratzte meine sämtlichen Ersparnisse zusammen, nahm einen Kredit auf und stieg ein. Der Laden lief noch schlechter, als ich dachte. Die Folge war, dass ich einen Fernkurs für Detektive belegte. Da ich mir wegen des geringen Umsatzes keinen Angestellten leisten konnte, musste mir für die Zeit, in der ich als Detektiv arbeitete, eine Lösung einfallen. Die Lösung hieß Willi.

Im Gegensatz zu mir ist Willi keine gescheiterte Existenz, denn er hat sich nie der Mühe eines Berufsabschlusses unterzogen. Offiziell bezeichnet er sich als Student eines obskuren Faches, im 24. oder 27. Semester, und mit der vagen Aussicht, irgendwann einmal die Promotion einzureichen. Da ihn das Studium nicht ausfüllt und die elterliche Unterstützung längst ausgelaufen ist, nimmt er kleinere Jobs an, die es ihm ermöglichen, sich und seine drei Katzen zu ernähren.

Meine Kunden mögen Willi. Er strömt, überall wo er steht oder geht, eine gewisse Gemütlichkeit aus. Um Willis persönlicher Lebensgestaltung entgegenzukommen und meine Kosten so niedrig wie möglich zu halten, verkürzen wir die Öffnungszeiten, wenn Willi mich im Laden vertritt.

Es war Montagmorgen kurz nach elf, als er ankam. Er sah ziemlich übernächtigt aus und die fettigen Haare hingen ihm strähnig ins Gesicht. Lange Haare sind zwar neuerdings wieder in Mode, aber an meiner Kundschaft, die zum Teil recht konservativ denkt, ist diese Mode schon beim ersten Mal vorbeigegangen. Deshalb habe ich Willi zur Auflage gemacht, während der Dienstzeit einen Zopf zu tragen.

»Ich weiß, ich weiß«, winkte er ab, »ich bin direkt aus dem Bett hierher gestürzt. Nicht mal zu einem Frühstück hat's gereicht.«

»Kaffee ist in der Maschine«, sagte ich, »das andere musst du dir selbst besorgen. Wie geht's denn so?«

»Ach, ich bin heute Nacht völlig versackt. Aber sonst geht's mir gut. Ich mach zurzeit völlig neue Erfahrungen.«

»Eine neue Frau?«

»Nein, nicht so. Schamanismus.«

Ich hatte schon davon gehört, dass immer mehr Leute mit nackten Füßen über glühende Kohlen liefen oder ähnlichen Unsinn machten, doch Willi sah das natürlich viel wissenschaftlicher.

»Das hat eine wahnsinnig alte Tradition. Lange bevor Christus das Licht der Welt erblickte, holten Schamanen in Sibirien den Regen vom Himmel oder heilten Menschen. Von der schamanischen Heilweise könnte sich die heutige Medizin eine Scheibe abschneiden. Keine Drogen, die die Schmerzen betäuben und die Krankheiten nur verdrängen. Der Schamane sucht die Seele des Kranken und führt sie in den Körper zurück. Das ist Psychosomatik, sage ich dir. Das solltest du auch mal probieren. Vielleicht wirst du dann deine Juckerei los.«

»Kennst du einen Schamanen, der auf Krankenscheinbasis arbeitet?«

»Hab ich dir heute schon gesagt, dass du ein bescheuerter Ignorant bist, Georg?«

Wie sich herausstellte, hatte Willi an einem Workshop in einem der örtlichen alternativen Bildungswerke teilgenommen. Ein süddeutscher Schamane hatte dort einen Vortrag über Schamanismus gehalten und anschließend den Teilnehmern eine schamanische Abenteuerreise geboten. Willi erzählte von einem blitzschnellen unrhythmischen Trommelwirbel, durch den er in eine Art Trance verfallen sei. Kopfüber sei er in die Erde hinabgesaust und habe sich in einer Grotte mit plätscherndem Bach wiedergefunden. Später sei er einem Wolf begegnet und wie ein Vogel über einer Insel geschwebt. Willi hätte noch lange so weitergeredet, wenn ich ihn nicht mit einem Blick auf meine Armbanduhr gestoppt hätte.

»Wen musst du denn eigentlich beschatten?«

»Niemanden. Ich soll einen Mord aufklären.«

»Echt? Das ist ja geil.«

»Die Spurensuche wird allerdings etwas schwierig, weil das Opfer schon seit zwanzig Jahren tot ist.« Ich erzählte ihm kurz von meiner gestrigen Begegnung mit Pobradt. Willi schüttelte abwechselnd den Kopf und stieß Begeisterungslaute aus. Gegen halb zwölf kam ich endlich los.

Ich hatte nicht mehr viele Freunde im Polizeipräsidium. Genau genommen gab es nur noch einen Kriminalbeamten, der mir wohlgesonnen war, weil ich ihm einmal einen nicht ganz legalen Gefallen getan hatte.

Ich stellte meinen Wagen gegenüber dem Präsidium im Parkverbot ab und stiefelte, nachdem ich den Pförtner mit einer Ausrede überwunden hatte, durch die schwimmbadähnliche Eingangshalle.

Klaus Stürzenbecher besaß ein Büro im fünften Stock. Ich klopfte und wartete nicht auf eine Antwort. Stürzenbecher telefonierte und hob abwehrend die rechte Hand. Ich grüßte ihn mit einem Winken und setzte mich auf die freie Kante eines ansonsten mit Akten beladenen Ledersessels. Während ich mir einen Zigarillo ansteckte, rollte er mit den Augen und säuselte ins Telefon: »Herr Kriminalrat, ich weiß, dass es unangenehm ist, dass wir keinerlei Spur vorweisen können. Aber die Leiche lag dreiundzwanzig Tage in dem Apartment. Wer erinnert sich schon, ob er vor dreiundzwanzig Tagen etwas gehört oder gesehen hat?« Stürzenbecher versicherte noch ein paarmal, dass er sein Möglichstes tun werde, dann legte er mit einem Seufzer auf.

»Was willst du hier?«

»Ich brauche ein paar Auskünfte.«

»Es ist nicht gerade angenehm für mich, wenn ich zusammen mit dir gesehen werde. Du bist hier noch bekannt wie ein bunter Hund.« Stürzenbecher dachte an seinen Kriminalrat und straffte innerlich das Rückgrat. »Na gut. Schieß los!«

»Kennst du den Fall Pobradt?«

»Das ist doch schon fünfzehn oder zwanzig Jahre her.«

»Die Verjährungsfrist für Mord ist aufgehoben worden.«

»Mord?«

»Mein Klient geht davon aus, dass es sich um Mord handelt, und ich soll ihm für diese Hypothese die nötigen Beweise liefern.«

Stürzenbecher starrte mich entgeistert an. Dann ging ihm ein Licht auf. »Hermann Pobradt.«

»Diskretion gehört zu meinem Geschäft.«

Ein explosionsartiges Lachen, das in Gegenwart einer herzkranken älteren Dame eine ernste Bedrohung dargestellt hätte, erschütterte den Raum. »Hast du nicht gemerkt, dass der verrückt ist?«

»Jeder hat seine kleinen Macken. Der eine glaubt an Astrologie, der andere, dass ein Mord passiert ist. Manchmal haben beide recht.«

»Ich meine, er war in der Klapse, Psychiatrie.«

Es gelang mir nur schwer, meine Verblüffung zu verbergen. Andererseits, wenn er frei herumlief, war er, hoffentlich, voll geschäftsfähig und konnte den besten Detektiv der Welt engagieren. Das Vorleben meiner Klienten geht mich einen Dreck an. Schließlich hat jeder ein Recht darauf, die Wahrheit zu erfahren.

»Habt ihr mal daran gedacht, dass er recht haben könnte, ich meine, dass es tatsächlich kein Selbstmord war?«

Stürzenbecher stützte den Kopf auf die rechte Hand und rieb sich mit der linken die Tränensäcke unter den Augen. »Ich war damals nicht an den Ermittlungen beteiligt. Ich arbeitete als junger Kommissar im Betrugsdezernat. Aber die Geschichte wurde wochenlang als Dauerbrenner in der Kantine aufgewärmt. Deshalb ist sie mir noch ganz gut in Erinnerung. Falls du allerdings Details wissen willst ...«

»Du hast es erraten.«

»... muss ich passen.«

»Oder du lässt dir die Akte kommen und liest nach, was deine Kollegen ermittelt haben.«

»Wann sind wir denn endlich quitt?«, stöhnte Stürzenbecher.

In diesem Moment ging die Tür auf und Kriminalrat Merschmann steckte seine unsympathische Visage durch den Spalt. »Stürzenbecher, wenn Sie mir mal eben ...« Sein Blick fiel auf mich und er verschluckte den Rest. »Ach so, Sie haben Besuch. Dann kommen Sie doch bitte gleich in mein Büro!«

Die Tür war wieder zu. Stürzenbecher verlor etwas Blut aus seinem Alkoholikergesicht. »Hör mal, ich habe zu tun. Wenn du noch mehr wissen willst ...«

»Danke«, wehrte ich ab, »das reicht fürs Erste. Ich besuche dich morgen früh. Zu Hause.« Wir standen beide auf und versuchten, die Peinlichkeit zu überspielen.

Unter dem Scheibenwischer klebte kein Strafzettel. Man muss seinen Wagen nur dicht genug an einer Polizeiwache parken, um von derlei Unannehmlichkeiten verschont zu bleiben.

Wo ich als Nächstes hinfahren würde, wusste ich auch schon. Vor allen anderen Dingen hatte ich zu klären, ob die Unterschrift auf dem Scheck, den ich in der Tasche trug, rechtsverbindlich war.

Das Haus stand in Nordwalde, einem kleinen Kaff in der Nähe von Altenberge. Ich rollte an einem Zementwerk vorbei, das sich irgendwie in diese Gegend verirrt hatte, und stand Schnauze an Schnauze vor einem kläffenden Schäferhund. Gott sei Dank gehörte die eine Schnauze meinem Wagen, sodass ich in Ruhe abwarten konnte, was passieren würde.

Nach fünfminütigem Kläffen passierte nichts und ich drückte ein paarmal auf die Hupe. Endlich öffnete sich die Tür und heraus kam im Zeitlupentempo eine uralte Frau. Die Alte rief den Hund, der prompt fünf Schritte zurückging. Ich stieg mit einem Bein aus und stützte mich auf die Wagentür.

»Ich möchte zu Hermann Pobradt. Bin ich hier richtig?«

»Der Hermann ist in der Stadt«, krächzte eine gebrochene Stimme. »Ich weiß nicht, wann er wiederkommt.«

»Sind Sie Frau Pobradt?«

Der Hund trat wieder einen Schritt vor und knurrte bösartig.

»Ich bin die Mutter. Was wollen Sie denn?«

»Mein Name ist Georg Wilsberg«, rief ich, den Hund im Auge behaltend. »Ich bin Privatdetektiv. Ihr Sohn hat mich engagiert.«

»Ach, Sie sind das.«

Wir drei blieben auf unseren Plätzen und es entstand eine kleine, mit Knurren unterlegte Pause.

»Könnte ich Sie vielleicht einen Moment sprechen?«, machte ich den Versuch, das unselige Arrangement zu beenden.

Die Alte überlegte kurz. »Kommen Sie doch rein!«, sagte sie anschließend.

Leichter gesagt, als getan. Einerseits wollte ich meine Berufsehre nicht aufs Spiel setzen und öffentlich die Angst vor dem Hund zugeben, andererseits hatte ich keine Lust, mir ein Bein zerfetzen zu lassen.

Als ob sie meine Befürchtung gerochen hätte, wies sie mit einem kräftigen »Hasso, hierher!« die Bestie in die Schranken. Hasso ging noch einmal fünf Schritte zurück und stand jetzt in Griffweite der alten Dame. Während sie ihm mit ihren Gichtfingern das Fell kraulte, schloss ich vorsichtig die Wagentür.

»Er tut Ihnen nichts«, sagte sie, »er ist Fremden gegenüber nur ein bisschen misstrauisch.«

Tatsächlich schnupperte das Vieh nur an meiner Hose herum, als ich vor ihr stand. Sie musste mindestens achtzig Jahre alt sein und jedes Jahr hatte eine Falte in ihrem Gesicht hinterlassen. Aus ihren Augen strahlte jedoch ein klarer und harter Blick. Ich wusste, wem sie ihn vererbt hatte.

Die Küche bestand aus einem Holztisch, vier Stühlen, Küchenschrank, Herd, Kühlschrank, Spüle und einem Kreuz an der Wand. Ich bekam eine Vorstellung von dem, was Hermann Pobradt mit bescheidenem Lebensstil gemeint hatte.

»Möchten Sie einen Kaffee?«

Ich sagte nicht Nein.

»Wir leben hier ziemlich ab von der Welt. Außer meinen Kindern kommt kaum noch jemand heraus. Die alten Freunde sind leider alle tot oder können sich nicht mehr bewegen. Da ist ein unverhoffter Besuch schon eine Überraschung.«

Sie ließ Wasser in einen Kessel und zündete mit erstaunlicher Geschicklichkeit den Gasherd an.

»Nehmen Sie auch Nescafé? Den anderen müsste ich erst mahlen.«

Ich nehme Kaffee in jeder Form und meistens viel zu viel zu mir.

»Haben Sie noch mehr Kinder?«, erkundigte ich mich.

»O ja! Außer Hermann habe ich noch zwei Töchter. Die eine wohnt in Hamburg und die andere in Bottrop. Beide haben ziemlich früh geheiratet. Hermann hat ja leider keine Frau gefunden. Vielleicht, wenn sie ihn nicht eingesperrt hätten … Aber so ist er immerhin bei mir und geht mir zur Hand. Ich bin ja nicht mehr so rüstig wie früher, wissen Sie.«

»Wie lang ist er denn schon draußen?«, fragte ich vorsichtig.

»Das sind jetzt, warten Sie, ja, Weihnachten vor einem Jahr ist er rausgekommen.«

Das klang hoffnungsvoll. Sie kam mit der Kaffeetasse auf mich zu und verschüttete dabei die Hälfte in die Untertasse.

»Da! Sehen Sie! Ich kann nicht mal mehr die Hand ruhig halten.«

»Macht doch nichts«, sagte ich und kippte den Kaffee von der Untertasse in die Tasse zurück, »manchmal habe ich das auch.«

Sie setzte sich zu mir an den Tisch und beobachtete, wie ich in dem Kaffee herumrührte und einen Schluck von dem Gebräu probierte.

»Gut«, stellte ich wahrheitswidrig fest und lächelte mein charmantestes Lächeln. Es war an der Zeit, zur Sache zu kommen.

»Sehen Sie, Ihr Sohn hat mir da eine wilde Geschichte erzählt, von Mord, Korruption und Vertuschung. Was er mir nicht erzählt hat, ist, dass er offensichtlich lange Zeit in einer psychiatrischen Anstalt leben musste. Jetzt frage ich mich natürlich, ob ein Teil seiner Anschuldigungen auf seiner, nun ja, auf seiner überspannten Fantasie beruht.«

Die Alte zog verbittert den Mund zusammen. »Wenn Sie das wirklich glauben, sollten Sie nicht für uns arbeiten.«

»Nein, nein«, wehrte ich ab, »ich glaube gar nichts. Ich war nur ein wenig irritiert.«

»Sie ist ein Flittchen«, spuckte die Alte aus. »Sie hat unsere Familie kaputt gemacht, sie hat Karl umgebracht und sie läuft frei herum.«

»Sie sind also auch der Meinung?«, fragte ich etwas blöde. Prompt fing ich einen hochmütigen Blick auf.

»Mein einziger Trost ist, dass Gott sie strafen wird, wenn es nicht mehr auf dieser Welt geschieht.«

Ich spürte förmlich die Verantwortung, die auf meinen Schultern lastete. Die letzte Instanz vor dem Jüngsten Gericht.

»Soweit ich weiß, hat Ihr Sohn Hermann alles versucht, Ihre Schwiegertochter vor ein Gericht zu bekommen.«

»Das hat er, weiß Gott. Er hat gekämpft wie ein Löwe. Ich war stolz auf ihn. In all dem Unglück, das damals über uns kam, hat er sich nicht kleinkriegen lassen. Er sagte: Mutter, wir haben recht und wir werden recht bekommen. Er hatte zu viel Vertrauen in die Gerechtigkeit. Sie haben ihm gedroht: Wenn du nicht aufhörst, sperren wir dich ein! Er hat nicht aufgehört und sie haben ihn eingesperrt. Ein gewisser Mensch, der sich Psychiater nannte, hat ihn begutachtet und dann gesagt: Verrückt. Eine Gefahr für die Allgemeinheit. Stellen Sie sich vor: mein Hermann eine Gefahr für die Allgemeinheit! Mich hat niemand gefragt, ob Hermann eine Gefahr ist. Wenigstens seine Arbeitskollegen hätten sie fragen können. Ich bin zusammengebrochen. Der eine Sohn tot, der andere eingesperrt. Was sollte ich alte Frau tun? Ich habe gebettelt, ich habe gefleht. Ihr Sohn ist in guten Händen, haben sie gesagt. Alles geschieht nur zu seinem Besten. Wenn sie den Mund aufmachten, konnte man ihre gespaltenen Zungen sehen.«

Ein Hauch von Gift und Galle lag in der Luft. Diese Frau hatte noch immer mehr Energie als eine ganze Kantinenrunde Schreibtischbürokraten.

Versunken betrachtete ich den braunen Rest in meiner Kaffeetasse. »Immerhin ist Ihr Sohn jetzt vorsichtiger geworden. Statt erneut Vorwürfe zu erheben, engagiert er einen Privatdetektiv.«

»Wir haben gelernt, dass die Welt schlecht ist. Nur jemand, der sich mit der Schlechtigkeit der Welt auskennt, kann dieses Weibsstück zur Strecke bringen.«

Sie schien sich der Zwiespältigkeit des Kompliments nicht bewusst zu sein. Ohne auf diesem heiklen Punkt zu insistieren, stellte ich die Gretchenfrage: »Übrigens, Ihr Sohn ist doch wieder geschäftsfähig, nicht wahr? Ich meine, er ist nicht entmündigt?«

Ihr vorwurfsvoller Blick streifte mich: »Sie haben ihn für geheilt erklärt. Nach siebzehn Jahren geheilt.«

Unbewusst griff ich an meine linke Brusttasche. »Ja«, sagte ich, nachdem ich auch noch auf meine Armbanduhr geguckt hatte, »ich glaube, es wird Zeit, dass ich mich aufmache. Schließlich bezahlen Sie mich nicht fürs Plaudern. Sagen Sie Ihrem Sohn, dass ich ihn morgen Abend anrufe. Ich werde dann sicherlich schon mehr wissen.«

Sie brachte mich bis zur Tür, und als ich mein Auto erreicht hatte, stand sie noch immer dort: klein, gebeugt und unheimlich zäh. Ich winkte mit dem Arm und sie rief: »Gott mit Ihnen!«

Kein besonders schlagkräftiges Gespann, dachte ich.

Es war halb fünf, und ich musste noch etwas tun, um meine 150 Mark für diesen Tag zu verdienen. Vielleicht sollte ich meine Arbeitstage demnächst früher beginnen.

III

Der Hansa-Grill ist nicht gerade ein Gourmet-Treff, aber wegen seiner deftigen Hausmannskost eine Pommesbude mit einem Stern. Bevor ich den weiteren Ereignissen ins Auge blickte, wollte ich noch ein verspätetes Mittagessen zu mir nehmen. Ich wählte das Tagesgericht, eine Erbsensuppe mit Metteinlage. Beim Kauen überlegte ich, ob mir eine Alternative blieb, Hillerich, zum Beispiel. Nein, den musste ich mir für später aufsparen. Es galt, den Stier bei den Hörnern zu packen. Der Detektivjob ist eben kein Briefmarkenkränzchen.

Der Vorteil von Pommesbuden liegt darin, dass man keine Zeit mit Warten, Gesprächen und Verdauen verplempert. Zehn Minuten später stand ich auf der Straße und blickte mich nach einer Telefonzelle um. Tatsächlich gab es hundert Meter weiter ein gelbes Häuschen, in dem ich die gesuchte Adresse fand.

Ich fuhr Richtung Mecklenbeck und der Aasee zeigte seine ganze, künstlich angelegte Schönheit. Gummihäutige machten mit ihren Surfbrettern erste Tauchversuche. Etwa in Höhe des Zoos bog ich links ab und kam in eine tödlichsterile Villensiedlung, wo sich Gartenzwerge und Holunderbüsche Gute Nacht sagen.

Ich klingelte an einem unvermeidlich schmiedeeisernen Tor und wartete geschlagene zwei Minuten auf das Brummen. Meine Befürchtung, dass ich zunächst mit einer quäkenden Sprechanlagenstimme kommunizieren müsste, erwies sich erfreulicherweise als falsch. Ich kam am fingerhoch geschnittenen und zwanzig mal fünfzehn Quadratmeter großen Rasen vorbei, stieg die seitlich angelegte Eingangstreppe hinauf und stand vor einer hübschen Blondine. Aus den Augenwinkeln sah ich, dass sie eine hautenge schwarze Hose und eine ebenso schwarze Bluse trug. Der Rest meines Blickes galt ihren spöttisch lächelnden Augen.

»Guten Tag. Mein Name ist Georg Wilsberg. Ich würde gerne Frau Wilma Pobradt sprechen.«

»Die ist nicht da.«

»Wann ist sie wohl zu sprechen?«

»Nächste Woche. Sie kommt am Donnerstag aus Teneriffa zurück.«

»Aha.« Da stand ich nun und wusste nicht mehr weiter. Anderen Privatdetektiven gelang es in solchen Fällen, ihren Charme spielen zu lassen und bei einem zwanglosen Gespräch die heißesten Insider-Informationen zu bekommen.

»Vielleicht kann ich Ihnen weiterhelfen. Ich bin die Tochter.«

Von der Möglichkeit, dass Karl und Wilma Pobradt ein bis mehrere Kinder haben könnten, hatte mir bislang noch niemand erzählt. Aber ich hatte ja auch nicht danach gefragt.

»Nun, die Angelegenheit ist, wie soll ich sagen, etwas delikat.« Ich blickte mich um, ob ein Nachbar in der Nähe war. Außer einer Katze bewegte sich im Umkreis von hundert Metern kein Lebewesen. »Ich bin Privatdetektiv und arbeite für – Ihren Onkel.«

Das rundliche, offene Gesicht zeigte Überraschung und Neugierde.

»Meinen Sie den mit der Macke?«

»Ich schätze, wir meinen denselben. Hermann Pobradt, der Bruder Ihres Vaters.«

»Oh! Ist er wieder draußen?«

»Ja. Hören Sie«, ich trat einen halben Schritt näher und

senkte meine Stimme, »vielleicht können wir uns drinnen etwas ungestörter unterhalten. Falls Sie an der Sache interessiert sind.«

»Entschuldigen Sie! Kommen Sie doch rein!«

Sie führte mich durch einen dunklen Flur in ein weitläufiges Wohnzimmer. Das Panoramafenster bot einen Ausblick auf die letzten fünf Weihnachtsbäume, die nach dem Fest im Garten angepflanzt worden waren. Ich ließ mich in einen dieser Sessel fallen, in denen man das Gefühl hat, man müsse sich vor dem Ertrinken retten.

Sie bot mir keinen Drink an, sondern setzte sich auf die Sofakante. Mit der Geschwindigkeit, die Kettenrauchern eigen ist, fischte sie eine Zigarette aus der in ihrer Bluse versteckten Schachtel und paffte in meine Richtung. Ich überlegte, ob ich es wagen dürfte, die Luft mit einem Zigarillo zu verpesten. Offensichtlich hatte sie meinen Gedanken erraten, denn plötzlich hielt sie mir die Schachtel vor die Nase. Ich entschied mich für Höflich- und Sauberkeit.

»Ich habe meinen Onkel nie kennengelernt. Ich weiß nur, dass er glaubt, Vater sei ermordet worden.«

Ich nickte. »So ist es.« Dass er ihre Mutter im Verdacht hatte, mochte ich nicht so direkt sagen. »Seit zwanzig Jahren ist er davon überzeugt, dass es sich nicht um einen Selbstmord handelte. Und jetzt hat er mich engagiert, um einen Beweis dafür zu finden.«

»Das ist doch verrückt.« Sie war nicht empört. Ihre spöttischen Augen drückten aus, dass nur ein armer Irrer wie ich einen solchen Auftrag annehmen konnte.

»Schon möglich. Der Geisteszustand meiner Klienten interessiert mich nicht. Hauptsache, sie zahlen und verlangen keine ungesetzlichen Dinge von mir. Wenn sich herausstellt, dass Hermann Pobradt einer fixen Idee nachgelaufen ist, werde ich ihm das mitteilen. Und die Sache ist für mich erledigt.«

»Ach, so einer sind Sie.«

Mir war nicht ganz klar, was für einer ich war.

»So ein eiskalter Typ, der über Leichen geht, wenn nur die Kasse stimmt.«

Mit gespieltem Entsetzen hob ich beide Arme. »Da haben Sie mich falsch verstanden. Ich bin nur kein Psychologe, Psychiater oder sonst wie auf diesem Gebiet kompetent. Es kann sein, dass Ihr Onkel geistesgestört ist. Es kann aber auch sein, dass er siebzehn Jahre lang eingesperrt war, weil er einigen wichtigen Leuten in die Quere gekommen ist. So was soll in den besten Rechtsstaaten vorkommen.«

»Mit Leuten meinen Sie meine Mutter?«

»Vor allem meine ich die Polizei und die Justiz. Die haben es nicht gerne, wenn man ihnen vorwirft, sie würden etwas vertuschen.«

»Haben sie denn etwas vertuscht?«

Himmel, konnte die Frau nervig sein. Dabei sah sie ansonsten ausgesprochen nett aus. Irgendwie war ich mal wieder auf der falschen Seite.

»Ich weiß es nicht. Ich weiß noch gar nichts. Deswegen bin ich ja hier.«

Ich nahm einen heftigen Zug und merkte am Geschmack, dass ich den Filter angekokelt hatte. Lächelnd beobachtete sie, wie ich einen Hustenanfall bekam.

»Ich bin kein Schwein, wenn Sie das meinen«, sagte ich und wurde etwas rot. »Ich versuche, mit allen Leuten fair umzugehen. Aber natürlich bin ich in erster Linie meinen Klienten verpflichtet.«

»Machen Sie das schon lange?«

»Was?«

»Als Detektiv arbeiten. Sie machen gar keinen so professionellen Eindruck.«

»Ich rauche normalerweise keine Zigaretten.«

»Das meine ich nicht. Detektive stelle ich mir abgebrühter vor. Aber Sie sind sofort beleidigt, wenn man Sie mal antippt.«

»Gerade war ich der eiskalte Killer, jetzt bin ich das Sensibelchen. Vielleicht sollten Sie sich mal entscheiden!«

Sie lachte ein freundliches Lachen, das mich wieder etwas beruhigte. »Wenn Sie sich aufregen, find ich Sie echt in Ordnung.«

»Danke. Sie brauchen nur die richtigen Worte wählen, und es könnte leicht zu einem Dauerzustand werden.«

»Ich weiß, ich bin ein bisschen schnippisch. Sie sind nicht der Erste, der mir das sagt.«

Das Telefon klingelte und sie ging hinaus. In Ermangelung anderer Beschäftigung betrachtete ich die Inneneinrichtung. An den Wänden hingen ein paar Aquarelle, die dem Impressionismus nachempfunden waren. Häuseransichten in Pastelltönen. Das übrige Mobiliar war teuer und solide, aber wenig originell.

Nach fünf Minuten kam sie wieder. »Mein Bruder«, erklärte sie. »Er sagt, ich soll Sie rausschmeißen.«

»Machen Sie immer, was Ihr Bruder sagt?«

»Nein.«

Langsam wurde sie mir sympathisch.

»Ich habe nichts zu verbergen. Fragen Sie, was Sie fragen wollen. Je schneller der Spuk vorbei ist, desto besser.«

»Wie alt ist Ihr Bruder?«

»Fünfunddreißig. Zehn Jahre älter als ich.«

»Haben Sie noch mehr Geschwister?«

»Nein.«

»Waren Sie damals dabei, als es passierte?«

»Ich war in meinem Zimmer und habe gespielt. Dann hörte ich den Schuss und wollte nachsehen, was da los war, aber meine Mutter fing mich im Flur ab.«

»Ist Ihnen sonst irgendetwas aufgefallen?«

»Ich war ja erst fünf Jahre alt. In dem Alter denkt man an nichts Böses.«

»Was hat Ihre Mutter gesagt?«

»Dass ich weiterspielen soll. Dann hat sie die Tür zu meinem Zimmer abgeschlossen.«

»Wissen Sie, wo sich Ihre Mutter vorher aufgehalten hat?«

»In der Küche. Sie hat das Mittagessen gekocht. Meinen Vater hat sie bestimmt nicht umgebracht.«

»Warum nicht?«

»Abgesehen davon, dass sie eine liebenswerte Frau ist, die keinen Menschen umbringt, könnte sie gar nicht mit einem Gewehr umgehen.«

»Um einen Menschen aus einem Meter Entfernung zu erschießen, bedarf es keiner großen Geschicklichkeit.«

»Aber man muss eine Patrone einlegen und den Sicherheitshebel lösen.«

»Sie kann ihren Mann einmal dabei beobachtet haben.«

»Er hielt das Gewehr und die Patronen in einem Eisenschrank verschlossen. Und den Schlüssel dazu trug er immer bei sich. Glauben Sie, er hätte ihr den Schlüssel gegeben und zugesehen, wie sie das Gewehr lud und auf ihn anlegte? Er wurde neben dem Gewehrschrank gefunden.«

»Aus dem, was Sie sagen, entnehme ich, dass Sie sich damit beschäftigt haben.«

»Ich habe oft mit meinem Bruder darüber gesprochen. Später, als ich älter war.«

»Wo war Ihr Bruder eigentlich?«

»In seinem Zimmer.«

»Was geschah nachher?«

»Meine Mutter brachte uns zu Verwandten in eine andere Stadt, ihren Verwandten. Mit mir hat sie einmal darüber gesprochen, als ich zehn Jahre alt war. Danach nie wieder.

Von den Aktionen meines Onkels habe ich erst viel später erfahren.«

Was sie sagte, klang ehrlich. Ich sah keinen Grund, ihr nicht zu glauben. Aber es war der beschränkte Blickwinkel eines fünfjährigen Mädchens. Während mir diese Gedanken durch den Kopf schossen, rutschte sie auf der Sofakante herum.

»Haben Sie Ihr Pulver verschossen? Oder gibt es noch etwas, was Sie unbedingt wissen müssen?«

»Ja, etwas gibt es noch. Nach dem, was ich gehört habe, haben sich Ihre Eltern oft gestritten. Haben Sie davon etwas mitbekommen?«

»Ich habe meinen Vater manchmal schreien hören. Mein Bruder hat mir erzählt, dass Vater auch zugeschlagen hat.«

Von dieser Seite hatte ich Karl Pobradt noch nicht kennengelernt. Sollte die Geschichte von dem guten Menschen und der Schlampe, die sich die Pobradts zurechtgelegt hatten, ein Märchen sein?

Da mir keine weiteren Fragen einfielen, stand ich auf. »Ich danke Ihnen, dass Sie mir so viel erzählt haben.«

Sie stand ebenfalls auf und kam um den Tisch herum. »Müssen Sie jetzt noch meine Mutter interviewen?«

»Falls ich nächste Woche noch an dem Fall arbeite, wäre das sicherlich sinnvoll. Aber ich kann niemanden zwingen, mit mir zu sprechen.«

»Das würde Ihnen auch nicht stehen«, sagte sie und blickte zu mir auf. Sie war ungefähr einen Kopf kleiner als ich.

»Unter anderen Umständen würde ich jetzt auf Wiedersehen sagen. Ich vermute, dass Sie keinen Wert darauf legen.«

»Vielleicht treffen wir uns mal unter anderen Umständen. Ich heiße Katharina.«

Mit einem stimulierenden Adrenalinschock in den Adern verließ ich das geordnete Heim der Familie Pobradt. Ob die Oma wohl noch so trüb in die Welt gucken würde, wenn ihr diese Enkelin über den Weg liefe? Aber dann gäbe es auch keine Arbeit für mich. Der Gedanke an Arbeit brachte mich auf den Boden der Tatsachen zurück. Das eine oder andere wollte ich heute noch erledigen, und am besten tat ich es gleich.

Dank des unverrückbaren Ladenschlussgesetzes fand ich direkt vor meinem Geschäft einen Parkplatz. Willi hatte die bescheidenen Tageseinnahmen in der Kasse gelassen und auf einem handschriftlichen Zettel die Abrechnung beigefügt. Darunter stand: *Das Wassermannzeitalter ist die Endstufe der Menschheitsentwicklung. Briefmarken und Münzen werden dann überflüssig sein.* Der gute Willi! Immer hoffnungsvoll, immer optimistisch.

Ich nahm ein paar größere Scheine heraus und überflog die Abrechnung. Buchführung war nicht Willis Stärke. Meine allerdings auch nicht. Besonders kritisch beäugte ich die Ankäufe. Am Anfang unserer Zusammenarbeit waren da einige peinliche Pannen passiert. Ein Briefmarkenhändler, der sich von Bluffern übers Ohr hauen lässt, hat seinen Ruf in der Stadt schnell verspielt. Seitdem hatte Willi die strikte Anweisung, nur die allersichersten Objekte aufzukaufen und die anderen Kunden auf mich zu vertrösten. Da er ansonsten nichts vermerkt hatte, war wohl niemand auf die Idee gekommen, eine zahnlose Flugpostmarke von 1920 oder ähnlichen Unsinn zu bestellen.

Dann ging ich in mein Büro und versuchte, so etwas wie einen Tagesbericht zu verfassen. Die meiste Zeit guckte ich aus dem Fenster auf die Lambertikirche, den steinernen Galgen für die drei Wiedertäuferführer, deren Leichen man 1536 in Käfigen am Kirchturm aufgehängt hatte. Als Touristenattraktion hingen die Käfige noch heute da, eine Geschmacklosigkeit mit dem Segen des Bischofs.

Ich hatte keine Lust mehr und klappte den Bericht zu. Vor allem anderen gelüstete es mich nach einem Ölbad.

Im Kreuzviertel, einem bei Studenten und dem intellektuellen Mittelstand besonders beliebten Wohngebiet mit großen alten Bürgerhäusern, nannte ich eine gemütliche Dreizimmerwohnung mein eigen. Sie stammte noch aus der Zeit, als ich als Rechtsanwalt recht gut verdiente. Später brachte ich es dann nicht übers Herz, meinen Lebensstandard zu senken.

Ich öffnete ein Fenster, um die abgestandene Luft zum Zirkulieren zu bringen. Nicht, dass ich aus Prinzip allein lebte. Es hatte sich einfach so ergeben.

Ich ließ Wasser in die Badewanne und gab einen gehäuften Becher Öl dazu. Dann zog ich mich schnell aus, um den Juckreiz zu überlisten. Ich schaffte es, im Wasser zu sein, bevor er mich packen konnte.

Nach einer wohligen Viertelstunde trocknete ich mich ab und cremte mich gründlich ein. Fettglänzend begab ich mich sodann in die Küche, um zu sehen, was der Kühlschrank zu bieten hatte.

Zu etlichen belegten Vollkornschnitten guckte ich mir die Nachrichten an. Der Dollarkurs war wieder gesunken und Helmut Kohl meinte, dass vom Zustand der Union keine Rede sein könne. Gähnend überlegte ich, ob ich noch in meine Stammkneipe gehen sollte. Vielleicht war sogar Hildegards Mann auf Dienstreise und ich konnte sie zu einem Abend zu zweit überreden. Schließlich entschied ich mich für eine Pfeife und ein Buch über die Assassinen.

IV

Am nächsten Morgen war ich ziemlich früh auf den Beinen. Zur Feier des Tages gönnte ich mir ein paar ofenfrische Vollkornbrötchen aus dem Bio-Laden in der nächsten Seitenstraße. Die etwas verhärmte, aber unheimlich gesund aussehende Verkäuferin strahlte mich wie immer an und ich nahm noch eine Mohnschnecke, natürlich ohne Zucker.

Bei einem Milchkaffee und Radiogeplärre im Hintergrund verputzte ich das üppige Frühstück und machte mich einigermaßen frohgelaunt auf den Weg.

Meine erste Anlaufstelle war die Wohnung von Klaus Stürzenbecher. Wie ich gehofft hatte, saß er noch am Frühstückstisch, umringt von seiner Frau und zwei Kindern. Mit einem Griff schob er sich ein halbes Brötchen in den Mund, nahm die Kaffeetasse und zerrte mich wortlos ins benachbarte Wohnzimmer. Um die Zeit auszunutzen, in der er noch kauen würde, zog ich ihn ins Vertrauen: »Pobradt ist vollständig rehabilitiert und erfreut sich bester geistiger Gesundheit.«

Eines der unerklärlichen Phänomene auf dieser Welt ist die Geschwindigkeit, mit der Polizisten essen. Wahrscheinlich liegt das daran, dass sie immer befürchten, jeden Moment unterbrochen zu werden. Mit vollständig leerem Mund sagte Stürzenbecher: »Einmal verrückt, immer verrückt.«

»Lass uns nicht über Psychiatrie diskutieren! Was hast du herausgefunden?«

Stürzenbecher leerte die Kaffeetasse in einem Zug.

»Bei jedem offensichtlichen Selbstmord gibt es ein paar winzige Kleinigkeiten, die nicht ins Bild passen.«

»Und die wären?«

»Zum Beispiel die Frage, warum sich ein jagderfahrener Mensch nicht den Lauf in den Mund schiebt, wenn er sich umbringen will, sondern sich stattdessen das halbe Gehirn wegpustet und langsam krepiert. Doch es gibt auch die Möglichkeit, dass er sich gar nicht umbringen wollte. In diesem Fall könnte sich der Schuss versehentlich gelöst haben, als das Gewehr auf dem Boden aufschlug.«

»Die Hemingway-Legende.«

»Die Mordkommission hat dies nur als zusätzliche Möglichkeit festgehalten. Wahrscheinlicher ist schon, dass er sich umbringen wollte und in der Aufregung zu früh abgedrückt hat. Die Ehestreitigkeiten hatten einen beinahe öffentlichen Charakter angenommen. Außerdem gab es da noch die Abschiedsbriefe.«

»Die gefälscht sein könnten.«

»Von drei Schriftexperten haben zwei gesagt, dass sie echt sind. Das ist eine demokratische Mehrheit.«

»Immerhin hat einer also etwas anderes gesagt.«

»Der dritte war sich nicht sicher. Aber du musst bedenken, dass jemand, der sich in den nächsten Minuten erschießen will, nicht mit derselben ruhigen Hand schreibt, mit der er Urlaubspostkarten vollkritzelt.«

»Gab es noch weitere Besonderheiten?«

»Auf dem Gewehr waren die Fingerabdrücke des Nachbarn. Aber auch das ist verständlich. Der gute Mann hat das Gewehr beiseitegelegt, weil er sich zu dem Sterbenden hinabbeugen wollte. Trotzdem haben die Kollegen den Mann durchleuchtet. Er hatte keinen, aber auch nicht den geringsten Grund, Pobradt umzubringen. Abgesehen davon, dass es nicht den kleinsten Hinweis darauf gab, dass er was mit der Pobradt hatte, war er doppelt so alt und zweimal so hässlich.«

»Wer hat eigentlich die Untersuchung geleitet?«

»Merschmann.«

»Ach der.« Merschmann war mir noch in unguter Erinnerung. Und das nicht nur wegen seines unangenehm vierschrötigen Wesens.

Stürzenbecher lächelte maliziös. »Du weißt ja, wie gründlich der arbeitet. Allerdings ...«

Ich guckte ihn erwartungsvoll an.

»Es gibt da schon eine Besonderheit. Zunächst hat Merschmann den Fall als Routine behandelt und sehr schnell abgeschlossen. Erst als Hermann Pobradt anfing, seine Vorwürfe öffentlich zu erheben, wurde die Sache noch einmal aufgerollt. Manches konnte jetzt nicht mehr nachgeprüft werden und so hat Merschmann Hermann Pobradt indirekt die Munition geliefert.«

»Was ist eigentlich mit Hillerich? Hillerich und Pobradt sollen krumme Dinger gedreht haben, wie ich hörte.«

»Hermann Pobradt hat das behauptet. Beweisen konnte er es nicht. Möglicherweise hat sich auch niemand ein Bein ausgerissen, der Geschichte auf den Grund zu gehen. Was soll man einem Toten noch ans Zeug flicken?«

»Und Hillerich hat den an ihn gerichteten Abschiedsbrief vernichtet.«

»Ja, eine dieser kleinen Arabesken, die die Geschichte auch für die Presse interessant machte. Aber wenn du mich fragst, standen in dem Brief ganz einfach ein paar handfeste Beleidigungen, die Hillerich einer größeren Öffentlichkeit nicht zumuten wollte. Ich persönlich halte es auch nicht für ausgeschlossen, dass da einiges gemauschelt wurde. Nicht umsonst ist Hillerich heute mehrfacher Millionär.«

»Gerade deswegen finde ich langsam Interesse an dem Fall«, sagte ich.

»Erhoff dir nicht zu viel. Merschmann mag Mist gebaut

haben, deshalb muss seine Schlussfolgerung nicht falsch sein. Alles spricht dafür, dass Pobradt Hand an sich gelegt hat.«

»Vielleicht spricht alles dafür, *nachdem* Merschmann ermittelt hat.«

»Sei vorsichtig! Auch deine Detektivlizenz kann dir entzogen werden.«

»Mir ist im Leben schon Schlimmeres passiert. Du weißt, dass ich eine Doppelexistenz führe.«

»Briefmarken«, grunzte er verächtlich.

Der Tag war noch recht jung, doch die seltene Sonne brannte bereits recht kräftig vom Himmel. Ich kurbelte das Wagenfenster herunter und ließ mir ein bisschen Frühlingsluft um die Ohren pfeifen. Diesmal fuhr ich nach Amelsbüren, einem kleinen Vorort mit Resten dörflicher Kultur, um die sich die Reihenhäuser der in Münster arbeitenden Verwaltungsangestellten gruppierten.

Kurt Hillerich wohnte in einem fachwerkartig herausgeputzten Haus, das einem Bauernhaus so ähnlich sah wie eine Kuchengabel einer Mistharke. Durch ein großes Fenster neben dem Eingang sah ich einen gediegenen Holztisch in einer gediegenen Einbauküche. Der Raum war leer bis auf zwei dreckige Tassen auf der Anrichte.

Ich klingelte und eine große strenge Frau mit einem Knoten im grauen Haar öffnete.

»Sie wünschen?«

»Mein Name ist Georg Wilsberg. Ich möchte Kurt Hillerich sprechen.«

»In welcher Angelegenheit?«

»Privat.«

»Sind Sie angemeldet?«

»Nein.«

»Warten Sie bitte hier!«

Ich wartete. Fünf Minuten später kam sie zurück.

»Mein Mann ist in seinem Arbeitszimmer. Bitte hier entlang!«

Kein Panoramablick, sondern ein kleines Zimmerchen von vielleicht dreißig Quadratmetern, mit nur drei Fenstern, die alle auf einen angrenzenden Acker hinausführten. Hillerich, ein Mann um die Mitte sechzig, mit nach hinten gekämmtem grauen Haar und einer leicht geröteten Nase, saß hinter seinem Schreibtisch. Vermutlich hatte er sich extra für mich dorthin gesetzt, denn ich sah keinerlei Anzeichen von Arbeit.

»Junger Mann, für einen Unbekannten ist es etwas unverfroren, seinen Besuch als privat zu bezeichnen. Ich hoffe, Sie haben einen guten Grund«, sagte er mit schnarrender Stimme.

»Ich bin Privatdetektiv. Wie würden Sie das bezeichnen, was ich mache? Geschäftlich kann man es kaum nennen.«

»Wer hat Sie beauftragt – und wozu?«

Da er keine Anstalten machte, mir einen Sitzplatz anzubieten, setzte ich mich auf den nächstbesten Sessel.

»Zum Ersten bin ich nicht befugt, Auskünfte zu erteilen, zum Zweiten handelt es sich um den Todesfall Karl Pobradt.«

Er starrte mich an, und ich verbrachte eine ungemütliche Minute.

»Der Idiot ist also wieder frei.«

»Wie bitte?«

»Sie wissen schon, wen ich meine. Na und, was haben Sie auf dem Herzen? Ich gebe Ihnen fünf Minuten, mehr Zeit kann ich nicht entbehren.«

»Es gab damals einen dritten Abschiedsbrief, der an Sie gerichtet war. Was stand in dem Brief?«

Er machte eine wegwerfende Handbewegung. »Dummes Zeug. Karl warf mir vor, ich hätte ihn menschlich enttäuscht.

Hätte mich von ihm zurückgezogen, seine Gegenwart gemieden und so weiter.«

»Daraufhin haben Sie den Brief weggeworfen?«

»Ja.«

»Ist das nicht ungewöhnlich bei einem Abschiedsbrief?«

»Für Sie mag das ungewöhnlich sein. Für mich war es Geschwätz eines kranken Hirns. Nichts von dem, was er geschrieben hat, stimmte. Er muss sich aus Enttäuschung über seine Ehe in eine depressive Stimmung hineingesteigert haben, in der er nicht mehr wusste, wer gut und wer böse war.«

»Und Sie waren gut?«

»Natürlich. Ich habe ihm geholfen, solange es ging. Halbe Nächte sind dabei draufgegangen, ihm zuzureden wie einem kranken Pferd. Aber versuchen Sie mal, jemanden, der neben dem offenen Fenster schläft, daran zu hindern, aus dem Fenster zu springen.«

»Kann nicht sein, dass in dem Brief etwas ganz anderes stand?«

»Zum Beispiel?« Seine ungemütlichen Augen bekamen etwas Gefährliches.

»Zum Beispiel, dass er nicht länger mit Ihnen krumme Geschäfte machen wollte.«

»Ich mache keine krummen Geschäfte. Ich bin ein angesehener und geachteter Bürger dieser Stadt. Was Ihnen Hermann Pobradt erzählt hat, hat pathologische Gründe. Fragen Sie seinen Arzt!«

»Immerhin hat auch seine Mutter gesagt, dass Karl aussteigen und sein Geld auf ehrliche Weise verdienen wollte.« Das hatte ich zwar nicht nachgeprüft, aber eine kleine Lüge ist unter bestimmten Umständen erlaubt.

Wieder die wegwerfende Handbewegung. »Eine Mutter hält zu ihrem Sohn, besonders, wenn es nur noch einen davon gibt. Im Übrigen sind die ganzen Vorwürfe damals von der Polizei geprüft worden.«

»Äußerst oberflächlich.«

»Ob oberflächlich oder nicht, kann ich nicht beurteilen. Mein Vertrauen in die Polizei ist jedenfalls groß genug, dass ich sie vor Herummäklern in Schutz nehme.«

Er guckte auf seine Armbanduhr. Ich hatte noch eine Minute.

»In Ihrem Fall kann ich das verstehen. Schließlich stand die Polizei auf Ihrer Seite.«

»Herr ...«

»Wilsberg.«

»Herr Wilsberg, ich habe Ihnen mehr Zeit geschenkt, als ich guten Gewissens verantworten kann, und ich muss sagen: Sie erscheint mir zunehmend verschwendet.«

Er stand auf und ging zur Tür. Ich erhob mich ebenfalls.

»Eine Frage noch.«

»Aber kurz, bitte!«

»Stimmt es, dass Sie nach dem Tod von Karl Pobradt weiter mit der Firma Pobradt Geschäfte gemacht haben?«

»Es ist richtig, dass ich mit der Firma Pobradt geschäftlich zu tun hatte, vor und nach dem Tod von Karl Pobradt.«

Er öffnete die Tür. Ich ging freiwillig.

Als Nächstes schaute ich kurz im Laden vorbei, um zu sehen, wie Willi zurechtkam. Um diese Zeit, am späten Vormittag, herrschte immer der größte Andrang. Zu Hause standen die Frauen in der Küche und die Männer spazierten durch die Stadt, hielten ein Schwätzchen am Lambertibrunnen oder bei mir im Laden.

Im Moment war eine Dreiergruppe mit fünf Beinen und fünf Armen in eine lautstarke Diskussion verwickelt.

»Georg«, brüllte der siebzigjährige Egon und hob zum

Gruß seine Krücke, »komm mal her! Welche Farbe hat die Kuppel des Felsendoms?«

»Der Felsendom in Jerusalem?«

Die drei nickten und starrten mich erwartungsvoll an.

»Auf welcher Marke?«

»Ungefähr 1950, jordanische Post.«

»Grau.«

»Siehst du!«, sagte Egon. »Ich hab's doch gleich gesagt.«

»Das glaube ich nicht«, beharrte sein Kontrahent, »kürzlich im Fernsehen hatte er eine goldene Kuppel.«

»Der Felsendom ist in den Sechzigerjahren restauriert worden«, schaltete ich mich wieder ein. »Vorher hatte er ein Bleidach.«

»Ha!«, machte Egon. Der Tag war für ihn gerettet. Und für mich machte es sich gut, wenn ich ab und zu meine Kompetenz bewies.

Ich verließ die Diskutanten und schlenderte zu Willi hinüber, der gerade ein Verkaufsgespräch führte.

»Es soll für meinen Enkel sein«, sagte ein älterer Herr im beigefarbenen Popelinemantel. »Er sammelt nämlich Sonderprägungen und diese hier hat er noch nicht.« Vor ihm auf dem gläsernen Ladentisch lag das Leipniz-Fünfmarkstück von 1967, eine Münze, die wir für 130 Mark im Angebot hatten.

»Ein sehr schönes Geschenk«, stimmte Willi mit süßlicher Stimme zu.

»Aber 130 Mark«, sagte der Mann und wackelte mit den abstehenden Ohren, »für ein einziges Fünfmarkstück.«

»In wenigen Jahren steht es wahrscheinlich viel höher im Kurs«, setzte Willi nach. »So eine Münze ist ja auch eine Kapitalanlage.«

»Hhmm, hhmm«, machte der Mann, »ich glaube, ich überlege es mir noch mal.«

Willi blickte zu mir herüber und ich nickte unmerklich.

»Okay«, strahlte Willi, »ich gebe sie Ihnen für 120.«

Glücklich verließ der Mann den Laden. Ein gutes Geschäft kennt keine Verlierer.

Ich zog Willi in die Ecke und fragte mit leiser Stimme: »Wie läuft's?«

»Keine Probleme. Ich hab alles im Griff.«

»Irgendwelche Telefonanrufe für mich?«

Willi schüttelte den Kopf. »Weißt du, was ich morgen machen werde?« Triumphierend guckte er mich an. »Einen Feuerlauf. Barfuß über tausend Grad heiße Kohlen. Nur mit der Kraft des Willens.«

»Wage es ja nicht, zu Hause zu bleiben, wenn du dir die Füße verbrennst! Ich habe noch ein paar Tage zu tun.«

»Materialist«, zischte Willi. »Außerdem verbrenne ich mir nicht die Füße.«

Ich hob zwei Finger an die Stirn, brüllte dem schwerhörigen Egon ein »Tschüss« zu und machte mich wieder auf den Weg. Vor meinem Wagen stand Hilfssheriff Kowalski und verrichtete seine trostlose Arbeit. Ein klarer Fall für die Spesenrechnung.

Mein Besuchsprogramm für diesen Tag sah unter Punkt drei den ehemaligen Nachbarn der Pobradts vor. Ich hatte mir seinen Namen von Stürzenbecher geben lassen und das wichtigste Hilfsmittel des Detektivs, das Telefonbuch, benutzt. Wenn er keinen Namensvetter besaß, wohnte mein Kunde in Coerde.

Als aufmerksamer Autofahrer gucke ich gelegentlich in den Rückspiegel. So entging mir nicht, dass mir auf dem Weg in die nördliche Vorstadt ein roter Datsun folgte. Falls man sich verfolgt fühlt, handelt es sich in acht von zehn Fällen um pure Einbildung und in zweien um einen Polizeiwagen. Polizei fiel in diesem Fall aus, weil die deutsche Polizei nur deutsche Autos fährt und in dem Datsun ein einzelner Mann saß. Ich tippte also auf Einbildung und machte zur Sicherheit einen Schlenker in eine Sackgasse. Als ich schon gewendet hatte, rollte der Datsun heran. Hinter dem Steuer saß ein etwa fünfunddreißigjähriger Blondi mit vorspringendem Riesenkinn. Er guckte betont uninteressiert, wusste aber nicht, was er mit seinem Wagen anfangen sollte. Schließlich hielt er mir gegenüber auf der anderen Straßenseite, ohne den Motor abzustellen. Das machte mich stutzig.

Ich gab Gas und kehrte auf die große Verbindungsstraße zwischen Innenstadt und Coerde zurück. Nach einiger Zeit sah ich den Datsun im Rückspiegel. Während ich mit der rechten Hand einen Zigarillo aus der Jackentasche pulte, strengte ich meine Gehirnzellen an. In meiner nicht allzu langen Laufbahn als Detektiv hatte ich zwar oft genug Leute verfolgt, war aber noch nie in die Verlegenheit gekommen, in die Rolle des Verfolgten schlüpfen zu müssen. Außerdem beunruhigte mich das breite Kinn meines Verfolgers.

Ich entschied mich klopfenden Herzens für das Risiko und fuhr an Coerde vorbei in Richtung Handorf. Kurz vor Handorf gibt es auf der linken Seite einen kleinen Wald mit Ausflugslokal, das man über eine schmale Straße erreicht. Mitten in der Woche verirren sich kaum Spaziergänger in diese Gegend. Aber auch von denen war im Moment nichts zu sehen. Außer mir und dem Mann im Datsun war die Straße menschenleer.

Zwischen zwei Bäumen stellte ich den Wagen schräg und stieg aus. Der andere stoppte seinen Wagen zwei Meter vor mir. Wir starrten uns eine Weile an, dann öffnete er die Wagentür und kam heraus. Er war einen halben Kopf größer als ich und zehn Kilo schwerer. Zu Anfang meiner Detektivzeit hatte ich Karate-Training genommen, dann allerdings wieder damit aufgehört, als ich merkte, dass der Beruf ziemlich ungefährlich war. Jetzt bereute ich diesen Entschluss.

Er kam langsam auf mich zu. Als er nur noch einen Meter entfernt war, sagte ich mit ruhiger Stimme: »Können Sie mir verraten, warum Sie mich verfolgen?«

Sein Riesenkinn klappte nach unten: »Ich wollte sehen, wie so ein schnüffelndes Arschloch aussieht.«

»Jetzt sehen Sie es«, sagte ich und machte eine vage Handbewegung. »Für Leute, die mich kennenlernen wollen, stehe ich auch im Telefonbuch. Das spart Benzin.«

Mein Einwand schien ihn nicht zu beeindrucken. Er kam ganz dicht an mich heran, sodass ich seinen Schweiß riechen konnte. »Hören Sie auf damit!«

»Womit soll ich aufhören?« Ich registrierte, dass er seine Hände zu Fäusten geballt hatte.

»Herumzuschnüffeln. Lassen Sie die Toten ruhen! Es bringt nichts, Leichen auszugraben, die seit zwanzig Jahren unter der Erde liegen.«

»Ich mach das nicht aus Spaß«, gab ich zu bedenken. »Es ist mein Job, so wie Sie vielleicht Bankkonten prüfen.«

»Ein Scheißjob«, knurrte er und blies mir etwas Mundgeruch in die Nase.

»Möglicherweise.« Langsam fing ich an, mir Sorgen um meine Gesundheit zu machen. »Es ist nur so, dass jemand an dieser Leiche interessiert ist. Und es ist sein gutes Recht, einen Privatdetektiv zu engagieren. Mir persönlich ist es scheißegal, auf welche Weise Karl Pobradt vom Leben zum Tod befördert wurde.«

»Sie wollen nur Kohle machen, was?«

»Wenn Sie es so ausdrücken wollen.«

»Okay, ich zahle Ihnen das, was Ihr Auftraggeber zahlt, und noch tausend Mark drauf, wenn Sie ihm sagen, dass Sie *nichts* herausgefunden haben.«

Ich überlegte mir sein Angebot einen Moment.

»Vielen Dank, aber das geht nicht.«

»Warum nicht?«

»Ich muss an meinen Ruf denken. Jemand, der sich kaufen lässt, ist schnell aus dem Rennen.« Darüber hinaus misstraute ich seiner Zahlungswilligkeit. Ich schließe nicht gerne Geschäfte unter Druck ab.

»Ich will, dass Sie aufhören«, sagte er und zeigte mir seine vom Zigarettenqualm eingefärbten Zähne. Mit einiger Willensanstrengung schaffte ich es, dem Impuls zu widerstehen, ihn etwas zurückzuschieben.

»Was ist, wenn ich es nicht tue?«

»Sie sagen mir jetzt hier auf der Stelle, dass Sie damit aufhören, sonst ...« Er begann, seine Fäuste zu heben, und ich sah rot.

Für großangelegte Tricks war weder die Zeit noch der Platz vorhanden. Also stieß ich ihm mein rechtes Knie in die Eier. Dummerweise hatte ich die Hebelwirkung übersehen. Sein Kopf, der ohnehin nur rund zehn Zentimeter über mir schwebte, titschte mir ins Gesicht und ich taumelte rückwärts gegen den Wagen. Als ich gerade wieder einen klaren Gedanken fassen wollte, bekam ich einen fürchterlichen Schlag in den Magen, der mein unverdautes Frühstück nach oben beförderte und mich umknicken ließ. In der Abwärtsbewegung traf mich sein Knie an der Nase und, auf dem Boden liegend, spürte ich eine Schuhspitze zwischen den Rippen und an anderen empfindlichen Stellen. Er sagte etwas, was ich nicht verstand, und verschwand.

Wieder einmal verfluchte ich meine unverzeihliche Dummheit, die mich vor vier Jahren verleitet hatte, hunderttausend Mark zu unterschlagen. Statt auf einer feuchten Straße zu liegen, hätte ich jetzt im schicken Anzug durch ein Gerichtsgebäude spazieren können.

In einiger Entfernung hörte ich das Geräusch einer Fahrradklingel. Mir fiel ein, dass ich vergessen hatte, meinen Gesprächspartner nach seinem Namen zu fragen. Dann schmeckte ich eine Mischung aus Blut und Kotze und wurde ohnmächtig.

V

Als ich aufwachte, spürte ich einen unbändigen Juckreiz in der linken Kniekehle. Ich langte hinunter und schrie auf. Jemand hatte mir mit einem Gummiknüppel auf die Brust geschlagen.

Ich machte die Augen auf und sah einen Tropf neben meinem Bett stehen. Ein Schlauch verband den Tropf mit meinem linken Arm. Der Arm war etwas blutig, sah aber ansonsten ganz okay aus. Ich riskierte einen Blick nach unten. Die Brustgegend war ziemlich stark bandagiert, mehr konnte ich wegen der Bettdecke nicht sehen. Nachdem ich beide Beine angehoben hatte, wusste ich, dass ich noch laufen konnte.

Die nächste Inspektion galt meinem Kopf. Mit der Hand fühlte ich einen Verband oberhalb der Augen und ein pappnasenartiges Gebilde da, wo meine Nase sein sollte. Das konnte ja heiter werden. Ich drehte den Kopf so weit, dass ich durchs Fenster schauen konnte. Unerreichbar weit entfernt liefen Menschen über die Straße, fuhren Autos, pulsierte das Leben. Wieder juckte meine Kniekehle. Langsam, Zentimeter für Zentimeter, schob ich meine Hand nach unten und kratzte mit dem Genuss eines Süchtigen.

Anschließend dachte ich über das Leben nach, bis mich eine Krankenschwester dabei störte.

»Na, sind wir schon wach?«

»Was haben wir denn?«

»Bitte?«

»Ich meine, wie viele Stunden gibt mir der Doktor noch?«

»Ach so.« Sie lachte das typische Krankenschwesterlachen, das aufmunternd wirken soll. »Ist alles halb so schlimm. Nur eine Gehirnerschütterung und drei geprellte Rippen. Nichts gebrochen.«

»Und was ist das da?« Ich zeigte mit dem Finger auf die Pappnase.

»Och, ein bisschen angebrochen. Das verheilt wieder.«

Sie sprach mit mir wie mit einem Dreijährigen.

»Soll das heißen, dass ich mit einer Boxernase rumlaufen muss?«

»Nein, das haben wir gerichtet. In einem Monat sehen Sie ganz normal aus.«

Ich atmete auf. »Gut, dann möchte ich jetzt nach Hause gehen. Legen Sie mir meine Sachen hier neben das Bett!«

»Das geht nicht.« Ihr Gesicht bekam einen strengen Ausdruck. »Sie müssen noch mindestens drei Tage hierbleiben. Zur Beobachtung. Und mit diesen Rippen sollten Sie überhaupt nicht laufen.«

»Wegen einer geprellten Rippe geht ein Bundesligaspieler noch lange nicht vom Platz. Warum sollte ich also nicht gemütlich nach Hause fahren?«

»Weil der Arzt das nicht erlaubt.«

»Dann möchte ich den Arzt sprechen.«

Ihr Gesicht verfinsterte sich. »Wenn Sie es wünschen …«

»Ich wünsche es.«

Mit drohendem Hüftschwung verließ sie das Zimmer. Die nächsten fünf Minuten verbrachte ich mit dem Versuch, meinen Oberkörper aufzurichten. Als es klopfte, saß ich im Bett.

»Herein!«, rief ich und behielt meine Haltung bei, um die schlagartige Genesung zu demonstrieren.

Statt des Arztes trat Kriminalrat Merschmann durch die Tür.

»Schon wieder auf dem Damm, Wilsberg? Das freut mich aber.«

»Sie können schlecht lügen, Herr Kriminalrat.«

Er lachte eine halbe Sekunde lang. »Ich will mich nicht mit Höflichkeitsfloskeln aufhalten. Sie machen einen Fehler, Wilsberg.«

»Den habe ich bereits gemacht, sonst läge ich ja nicht hier.«

»Freut mich, dass Sie das auch so sehen. Sie geben also den Auftrag zurück?«

»Keineswegs. Ich werde nur beim nächsten Mal fester zuschlagen.«

Merschmann zog seine Nichtdenkerstirn in Falten. »Wilsberg, Wilsberg, Sie sind dümmer als ich dachte. Der kleine Zwischenfall sollte Ihnen als Warnung dienen.«

»Ich dachte immer, die Polizei steht auf der Seite der Opfer. Offen gestanden, habe ich sogar mit dem Gedanken gespielt, Anzeige gegen Unbekannt wegen Körperverletzung zu erstatten.«

»Lassen Sie die Scherze! Ich rate Ihnen dringend, Ihre Nase nicht in die Pobradt-Geschichte zu stecken.«

Er stand jetzt neben mir und ich musste den Kopf verdrehen, um ihn im Auge zu behalten. »Vier Tage nachdem ich den Fall angenommen habe, bin ich zusammengeschlagen worden, und ein leibhaftiger Kriminalrat bemüht sich persönlich ins Krankenhaus, um mir zu drohen. Ich wette zehn zu eins, dass vor zwanzig Jahren irgendetwas oberfaul gewesen ist. Wetten Sie dagegen?«

»Ich wette nicht. Denken Sie daran, dass Sie bei uns kein unbeschriebenes Blatt sind. Wir können Ihnen nicht nur Ärger machen, sondern Sie auch in der Öffentlichkeit bloßstellen.« Bei seinen letzten Worten hob er den rechten Zeigefinger und stieß mir damit kräftig vor die Brust. Ich schrie auf und fiel auf das Kissen zurück.

»Was machen Sie da?«, brüllte eine Stimme im Hintergrund. Aus den Augenwinkeln sah ich eine weiß bekittelte Gestalt.

»Helfen Sie mir!«, flüsterte ich. »Ich werde bedroht.«

»Kriminalpolizei«, sagte Merschmann und klappte ein Etui auf.

»Ich werde keiner Straftat verdächtigt«, stöhnte ich. »Schaffen Sie diesen Mann hier raus!«

»Ich glaube, es ist besser, Sie lassen Herrn Wilsberg jetzt in Ruhe«, sagte der Arzt mit viel freundlicherer Stimme.

»Schon gut«, knurrte Merschmann, »ich wollte sowieso gehen.«

Es war sicher nicht der richtige Augenblick, mich für gesund zu erklären, doch ich konnte nicht auf einen besseren warten. Mit piepsiger Stimme erläuterte ich dem Arzt, dass es mir keine Probleme bereiten würde, sofort und ohne Umstände das Bett zu verlassen. Er sah mich an wie einen Halbidioten, entschied dann, dass Psychiatrie nicht sein Fach sei, und holte ein Formular, auf dem ich unterschreiben musste, dass ich auf eigene Verantwortung und gegen den ausdrücklichen Rat des Arztes das Krankenhaus verlassen würde.

Anschließend war der Service gleich null. Keine Krankenschwester, die mir in die Hose half, kein Rollstuhl, der mich bis zum Ausgang fuhr. Mühsam rappelte ich mich hoch und tastete mich, die eine Hand am Bettgestell, bis zum Schrank vor. Hemd und Hose waren völlig verdreckt und blutbeschmiert. Gegen den Brechreiz ankämpfend, streifte ich mir die Sachen über.

Als ich mich angezogen hatte, ging es mir gleich besser. Erhobenen Hauptes und im Tempo einer schnelllaufenden Raupe bewegte ich mich zum Ausgang. Fast wäre alles gut gegangen. Nur ganz zum Schluss kreischte eine ältere Dame auf und fiel um ein Haar in Ohnmacht, als sie mich sah. Ich wandte mich ab und tat so, als hätte ich nichts bemerkt.

Ein hilfreicher Geist hatte meinen Wagen auf dem Krankenhausparkplatz abgestellt und so zockelte ich, verkehrsbehindernd alle Geschwindigkeitsvorschriften beachtend, ins Kreuzviertel. Vor der Wohnungstür wurde mir noch einmal schwarz vor Augen, aber dann hatte ich das Gröbste hinter mir.

Im Badezimmer warf ich meine Sachen auf den Boden und guckte in den Spiegel. Ein unbekanntes Wesen guckte zurück. Ich winkte ihm freundlich zu und ging schnurstracks ins Schlafzimmer, wo ich mich auf das Bett fallen ließ. Zehn Minuten atmete ich gleichmäßig durch, dann griff ich zum Telefon. Ein Telefonanruf noch und das Pensum für diesen Tag war erledigt.

»Hermann Pobradt.«

»Georg Wilsberg«, flüsterte ich.

»Hallo?«

»Georg Wilsberg«, sagte ich etwas lauter.

»Ach, Sie sind das. Können Sie etwas lauter sprechen? Ich verstehe Sie so schlecht.«

Ich versprach, es zu versuchen. »Sie haben recht, beim Tod Ihres Bruders ist nicht alles mit rechten Dingen zugegangen.«

»Das weiß ich auch. Aber wie kommen Sie darauf?«

»Heute Vormittag bin ich zusammengeschlagen worden und heute Nachmittag hat ein Kriminalrat gedroht, mich fertigzumachen, falls ich den Fall nicht abgebe.«

»Wer hat Sie denn zusammengeschlagen?«

»Ich habe vergessen, nach seinem Namen zu fragen.«

»Zu dumm.« Mitgefühl war nicht seine Stärke.

»Keine Sorge, das werde ich auch noch rauskriegen.«

»Sie bleiben also dabei?«

»Klar. Ich bin jetzt richtig scharf drauf.« Ich sagte das so, als würde ich mich weigern, ohne meinen Teddybär ins Bett zu gehen.

»Ich wusste doch, dass ich mich auf Sie verlassen kann. Erzählen Sie mal, was Sie bislang herausgefunden haben!«

Tatsächlich hatte ich ja herzlich wenig herausgefunden. So schmückte ich meinen Bericht mit scheinbar wichtigen Details und geheimnisvollen Andeutungen. Anschließend gab ich noch einen Überblick über mein nächstes Arbeitsprogramm. Bei Detektiven ist die Lohnfortzahlung im Krankheitsfall ja leider nicht üblich.

Ich wusste nicht, ob er mit meinem Bericht zufrieden war, aber mir wurde so flau im Magen, dass ich nicht danach fragte. Schnell versprach ich, in zwei Tagen wieder anzurufen, und hängte auf. Dann gab ich mich ganz dem wohligen Gefühl hin, in meinem Bett zu liegen.

Ich befand mich bereits im Dämmerzustand zwischen Wachen und Schlafen, als das Telefon klingelte. Nachdem es das drei Minuten lang getan hatte, nahm ich den Hörer ab.

»Ja«, hauchte ich.

»Hallo!«, rief eine fröhliche Stimme.

»Was ist denn?«, fragte ich verzweifelt.

»Hier ist Katharina Pobradt. Spreche ich mit Georg Wilsberg?«

Eine winzige elektrische Ladung durchzuckte mein Gehirn. Sie genügte, um meiner Stimme einen frischeren Klang zu geben. »Das tun Sie. Entschuldigen Sie, ich lag schon im Bett.«

»So früh?«

»Ich habe einen schweren Tag hinter mir, um es einmal vorsichtig auszudrücken.«

»Das klingt ja sehr geheimnisvoll.«

»Ist es auch. Aber manchmal behalte ich meine Geheimnisse für mich.«

»Schade. Ich würde mich gerne mit Ihnen treffen.«

»Im Prinzip hätte ich nichts dagegen.« Auch das war vorsichtig ausgedrückt. »Allerdings wäre mir ein Termin morgen lieber.«

»Es ist sehr dringend.«

»Nun werden Sie geheimnisvoll.«

»Ja, und ich möchte es nicht am Telefon besprechen.«

Mir fiel ein, dass ich seit dem Frühstück nichts mehr gegessen hatte. Und selbst das hatte ich nicht bei mir behalten.

»Okay, haben Sie Lust, mit mir essen zu gehen?«

»Warum nicht? Wo sollen wir uns treffen?«

»Mir wäre es am liebsten, Sie würden mich zu Hause abholen. Ich bin im Moment etwas geh- und fahrbehindert.«

Eine Viertelstunde später stand ich leicht gebeugt auf der Straße. Sie kam in einem kleinen italienischen Ding, das für Männer über eins sechzig nicht geeignet ist. Nachdem ich meine Knochen notdürftig unter dem Armaturenbrett verstaut hatte, guckte ich sie an.

»Mein Gott«, sagte sie.

Mir fiel ein, dass ich bei unserer letzten Begegnung besser ausgesehen hatte. »Eigentlich halb so schlimm. Es tut nur weh, wenn ich atme.«

»*Chinatown.*«

»Bitte?«

»Jack Nicholson sagt das in dem Film *Chinatown,* nachdem ihm Roman Polanski die Nase aufgeschlitzt hat.«

»Scheiße. Dabei wollte ich originell sein.«

»Macht nichts. Sie sehen auch so schlimm genug aus.«

»Danke.« Die Lachfältchen um ihre Augen konnten den besorgten Gesichtsausdruck nicht verdrängen. Fast hätte man meinen können, dass ihr mein Zustand nicht egal war.

»Wo fahren wir hin?«

»Hier in der Nähe gibt es ein südamerikanisches Lokal. Wenn Sie nichts gegen Steaks haben, kann man da ganz gut essen.«

Sie hatte nichts gegen Steaks und ich gab ihr die Fahrtrichtung an. Die nächsten Minuten verbrachten wir schweigend, nur durch kurze Kommandos meinerseits unterbrochen.

Das *Café Argentina* gehörte regelmäßig zu meinem abendlichen Programm. Die Musik war nicht zu laut, das Essen nicht zu schlecht und außerdem traf ich meistens Bekannte, mit denen ich bei einem bis mehreren Bieren nicht über Briefmarken sprach.

Dass sie mir den Arm unterschob und beim Gehen half, wehrte ich zunächst ab, ließ es dann aber aus Höflichkeitsgründen zu. Wie ein leicht angegreistes Ehepaar mit sechzig Prozent Schwerbehinderung schlichen wir auf einen der runden Marmortische zu. Im gedämpften Licht der Bastlampen musterte ich sie erneut. Seit gestern hatte sie sich eine Haarspange ins Haar geschoben, was ihr etwas Kesses gab. Ansonsten sah sie noch genauso aus. Im Gegensatz zu mir.

»Sie sehen ja furchtbar aus«, sagte sie erneut. Sie musste wohl das Gleiche gedacht haben wie ich.

»Ich habe mich schon mal besser gefühlt«, gab ich zu. »Aber das ist eben Berufsrisiko.«

»Na, Paco«, sagte Julio, einer der Besitzer des Cafés, »was ist denn mit dir passiert? Bist du beim Putzen die Treppe heruntergefallen?«

»Schlimmer«, sagte ich. »Ich bin beim Spülen ausgerutscht und habe mit dem Kopf ein Glas zertrümmert.«

Julio schüttelte den Kopf. »Amigo, du musst beim Spülen besser aufpassen.«

Wir orderten zwei Steaks und zwei große Biere. Dann harrten wir der Dinge, die da kommen würden. Nachdem wir uns lange genug umgeschaut und die Leute gemustert hatten, sagte sie: »Sollen wir nicht mit dem förmlichen Sie aufhören? Ich fühl mich richtig unwohl dabei.«

»Gerne«, sagte ich. »Ich heiße Georg.«

»Und ich Katharina.« Ich hatte es nicht vergessen.

Die Biere kamen und wir nahmen einen großen Schluck.

»Nun, Sie, ich meine: Du wolltest etwas Wichtiges mit mir besprechen.«

»Ja.« Sie wickelte eine Haarsträhne um ihren Zeigefinger und zögerte. »Du bist heute zusammengeschlagen worden.«

»Woher weißt du das?«, fragte ich etwas blöde. Bei meinem Zustand konnte ja jeder darauf kommen.

»Weil es mein Bruder Uwe war.«

Ich griff zum Bier und nahm noch einen Schluck. »Dein Bruder, aha.«

»Ja. Er hat es mir erzählt. Ich habe mich fürchterlich mit ihm gestritten, aber schließlich hat er eingesehen, dass es ein Fehler war.«

»Wie tröstlich.«

»Du musst ihn auch verstehen. Er macht sich Sorgen um unsere Mutter. Er meint, die Geschichte hätte sie schon damals ziemlich mitgenommen. Und wenn sie jetzt erneut daran erinnert wird, könnte das eine schwere Belastung für sie sein.«

»Hat dein Bruder eigentlich gute Kontakte zur Polizei?«

Sie guckte mich erstaunt an. »Warum?«

»Weil mich im Krankenhaus ein Kriminalrat besucht hat und mir sinngemäß das Gleiche zu verstehen gab wie dein Bruder.«

»Nein, bestimmt nicht. Er kennt niemanden bei der Polizei.«

Ich überlegte, wer Merschmann auf Trab gebracht hatte. Es blieb nur ein Kandidat übrig.

»Was denkst du?«, fragte sie. Ihre Stimme klang ein bisschen besorgt.

»Och, nichts weiter.«

»Genau genommen hast du ja angefangen.«

»Ich habe nur versucht, meine Haut zu retten. Ohne die Spur einer Chance zu besitzen.« Das war zwar übertrieben, aber vom Ergebnis her gerechtfertigt.

»Musst du jetzt Anzeige erstatten?«

Mein bereits angeknackstes Hochgefühl war plötzlich völlig verschwunden. »Das hatte ich sowieso nicht vor. Dazu hätten Sie mir kein Du anzubieten brauchen.«

»Stell dich nicht so an!«, sagte sie mit heller Stimme. »Das hat nichts miteinander zu tun. Du warst mir von Anfang an sympathisch, ehrlich.«

Ich guckte sie vorwurfsvoll an.

»Bitte, mach jetzt kein Drama daraus! Glaubst du, ich habe es nötig, fremde Männer zu bezirzen, nur um meinen Bruder zu retten? Wenn er Mist baut, ist das sein Bier.«

Die Steaks kamen und ich hieb lustlos in das Stück Fleisch. Was hatte ich denn erwartet? Dass sie mich anrief, weil sie mit mir ins Bett gehen wollte?

In diesem Moment sah ich, wie Thomas auf unseren Tisch zusteuerte. Thomas war hauptberuflich Psychologe und schrieb nebenbei Filmkritiken für unser örtliches Stadtmagazin. Wenn ich in Gesellschaft einer schönen Frau war, kannte er keine Zurückhaltung. Bei weniger schönen übrigens auch nicht.

»Wie siehst du denn aus?«, begrüßte er mich.

»Betriebsunfall. Ich bin einem Sohn mit zu viel Mutterliebe begegnet.«

Mit seiner schmalen Nase und den grau meliert-gelockten Haaren sah Thomas wie ein französischer Intellektueller aus, den es in die Provinz verschlagen hatte. Seit der Trennung von seiner Frau gab er sich dem gesellschaftlichen Leben in vollen Zügen hin. Auf diese Weise hatte er fast alle in Münster lebenden ausländischen Frauen kennengelernt. Und einen Großteil der deutschen dazu. Wie er das mit seiner Arbeit und den beiden Kindern, die er versorgen musste, vereinbarte, blieb mir ein Rätsel.

»Willst du mich nicht vorstellen?«, fragte er, auf eine Stuhllehne gestützt. Ich hatte ihm absichtlich keinen Platz angeboten.

»Das ist Katharina. Thomas. Entschuldige bitte, dass ich dich nicht einlade, aber wir haben etwas Geschäftliches zu besprechen.«

»Oh, dann will ich nicht länger stören«, sagte er scheinheilig und trollte sich zur Theke.

»Ich dachte, wir hätten das Geschäftliche bereits erledigt«, lachte Katharina.

»Egal. Ich scheue Konkurrenz. Besonders, wenn sie besser aussieht als ich.«

»Ohne Maske siehst du doch gar nicht so schlecht aus.«

Ihr entging nicht, dass ihre Worte eine gewisse Wirkung auf mich hatten. »Die Schmollzeit ist also zu Ende?«

Ich lächelte zurück. »Lass uns von was anderem reden. Was machst du, wenn du nicht gerade mit Detektiven essen gehst?«

»Ich studiere Publizistik.«

»Hast du Chancen, einen Job zu kriegen?«

»Mehr oder weniger. Journalismus ist ja leider zu einem Modeberuf geworden. Alle arbeitslosen Lehrer, Diplom-Pädagogen und Soziologen wollen Journalisten werden, abgesehen von den Publizistik-Studenten. Mein Vorteil ist, dass ich seit einem Jahr als freie Mitarbeiterin für die Tageszeitung arbeite. Wenn ich das noch eine Zeit lang mache und dem Chefredakteur meine Augen gefallen, bestehen gute Aussichten, ein Volontariat zu bekommen.«

Wir plauderten noch eine Weile über Journalismus und ich erzählte die halbe Wahrheit über meine Vergangenheit als Rechtsanwalt und meine Gegenwart als Briefmarkenhändler. Dann gab ich ein paar witzige Detektiv-Storys zum besten und schließlich war es Mitternacht.

Wir zahlten. Beim Aufstehen zuckte ein stechender Schmerz durch meine Brust.

»Was ist?«, fragte sie besorgt.

»Ich musste gerade an deinen Bruder denken«, stöhnte ich. »Schon gut, ich will tapfer und männlich sein.«

Thomas guckte uns nach, als wir eng umklammert aus dem Lokal wankten.

Sie setzte mich vor der Haustür ab und sah mir gerade so tief in die Augen, dass meiner Fantasie genügend Spielraum blieb.

»Übrigens, meine Mutter kommt schon in zwei Tagen zurück.«

»Doch nicht etwa wegen mir?«

»Nein, sie weiß zum Glück noch nichts von dir. Sie hat etwas Geschäftliches zu erledigen.«

Ich rollte mich aus dem Auto.

»Dann bis demnächst!«, rief sie fröhlich.

Ich hob mühsam die rechte Hand.

In der Nacht träumte ich davon, wie ich in einer Zwangsjacke von Merschmann abgeführt wurde, bis mir eine blonde Krankenschwester die Fesseln durchschnitt.

VI

Am nächsten Morgen fühlte ich mich so fit wie eine ausgepresste Orange. Vorsatz hin, Vorsatz her, ich blieb erst mal bis zehn Uhr im Bett. Draußen regnete es sowieso und im Radio gab es Probleme. Eine Moderatorin erforschte, wie Orgasmusprobleme von Männern auf Frauen wirken. Auf nüchternen Magen nicht gerade der richtige Start in einen fröhlichen Tag, aber ich fand es einfach zu anstrengend, den Arm aus dem Bett zu strecken und den Radiowecker abzustellen.

Als ich vom Nachdenken über meine Orgasmusprobleme noch kränker zu werden drohte, schleppte ich mich in die Küche. Nach einem großen Topf Milchkaffee und vier Scheiben Brot ging es mir besser. Ich stopfte eine Pfeife und las die Zeitung. Preußen Münster hatte schon wieder verloren und Boris Becker bei seinem letzten Match drei Schläger zertrümmert. Der einzige Lichtblick war Borussia Mönchengladbach, die es den Bayern aus München endlich gezeigt hatte. Ich guckte noch kurz ins Feuilleton, in dem der neue Godard abgefeiert wurde, und fand endlich keinen Grund mehr, den Arbeitsbeginn weiter aufzuschieben.

Ich machte da weiter, wo ich gestern aufgehört hatte, nämlich bei dem Versuch, den ehemaligen Nachbarn der Pobradts aufzustöbern, jenen hilfreichen Menschen, der die tödliche Waffe beiseitegelegt hatte. Ich fand ihn in einer grauen Reihenhaussiedlung hinter der trostlosen Einkaufszeile von Coerde, jenem münsterschen Stadtteil, der während des Baubooms der Sechzigerjahre sein Dutzendgesicht erhalten hatte.

Ottokar Runze, so hieß der Mann, war äußerst schreckhaft und nichtssagend, und ich fragte mich, ob das mein überraschender Besuch bewirkte. Immerhin nahm ich mir vor, bei Gelegenheit zu überprüfen, wie Runze zu seinem Reihenhaus gekommen war, ein erstaunlicher Wohlstand für einen pensionierten Busfahrer.

Das magere Ergebnis meines Gesprächs mit Runze verleitete mich dazu, eine Sisyphusarbeit anzufangen. Ich klapperte die Feuerwehr, das Rote Kreuz und ein paar Hilfswerke ab, um jene beiden Krankenwagenfahrer ausfindig zu machen, die den beinahe toten Karl Pobradt abtransportiert hatten. Schließlich erhielt ich einen vagen Hinweis auf einen Mann namens Busche, der die beiden gekannt habe und gerade auf dem Weg zum Franziskus-Hospital sei.

Das Franziskus-Hospital war gleich um die Ecke. Beim Einparken hörte ich die näher kommende Sirene. Und ungefähr gleichzeitig erreichten der Krankenwagen und ich das Eingangsportal. Kurzfristig entstand eine verworrene Situation, weil die herauseilenden Krankenpfleger dachten, der avisierte Notfall stünde vor ihnen. Dann sahen sie, wie sich die Krankenwagenfahrer am Heckteil ihres Wagens zu schaffen machten und einen blutleeren Jüngling herauszogen.

Busche musste der ausgemergelte Ältere sein, der gerade so viel Fett am Körper hatte, dass die Knochen nicht sichtbar wurden. Gemeinsam trotteten wir neben der Trage her, bis sich die Türen der Notaufnahme schlossen.

»Gehören Sie dazu?«, fragte er, als ich neben ihm stehen blieb.

Ich schüttelte den Kopf.

»So ein junges Bürschchen, und dann schon Selbstmordabsichten. Das nimmt einen doch immer wieder mit, auch wenn man das schon hundertmal gesehen hat.«

Ich nickte. Dann kam ich etwas übergangslos auf mein Anliegen zu sprechen.

»Meier, Ipken? Ach ja, der Peter. Der ist in Dortmund, glaube ich. Zumindest war er vor fünf Jahren noch da. Aber wo der Herbert abgeblieben ist, weiß ich nicht, ehrlich.«

Der Peter reichte mir fürs Erste und ich steuerte die Telefonzelle vor dem Krankenhaus an. Zum Glück gab es nur einen Peter Ipken in Dortmund und ich bekam seine Frau an die Strippe. Sie erwartete ihren Mann gegen sechs. Ich lud mich für halb sieben ein, ließ mir eine kurze Wegbeschreibung geben und rief im Laden an. Willi hatte einen ruhigen Tag, was für den Umsatz nicht das Beste hoffen ließ. Er erzählte mir, dass eine Frau angerufen habe, die einen Detektiv suche.

»Gib mir die Telefonnummer!«

»Du wirst geldgeil, Georg. Zwei Fälle auf einmal!«

»Quatsch. Es ist einfach unhöflich, nicht zurückzurufen. Und wenn der Kollege versagt, kommt sie vielleicht auf mich zurück.«

»Du weißt, dass ich zwischendurch noch studieren muss.«

Ich lachte ihn aus und fragte nach dem Feuerlauf.

»Der ist erst um Mitternacht. So was macht man nicht am helllichten Tag.«

Mittlerweile war es in der Telefonzelle ziemlich stickig geworden und ich öffnete kurz die Tür, um eine Prise Stadtluft hereinzulassen. Anschließend tippte ich weiter auf die Zahlentasten.

Frau Steiner war eine besorgte Mutter, der die siebzehnjährige Tochter abhandengekommen war. Da der liebevolle Vater wegen seiner beruflichen Position keine Vermisstenanzeige aufgeben wollte, hatte sie die Initiative ergriffen. Ich beruhigte sie mit meinen laienhaften Kenntnissen über die libertäre Einstellung der heutigen Jugend und empfahl ihr einen Kollegen. Mit dem hatte ich ein Abkommen auf Gegenseitigkeit.

Prompt geriet ich auf der Umgehungsstraße in den Feierabendstau und saß eine halbe Stunde fest. Als die Hammer Straße im Zwei-Meter-Pro-Minute-Takt überwunden war, ging es flotter. Über die A 1 düste ich Richtung Dortmund.

Kurz hinter Unna roch ich das Ruhrgebiet. Auch wenn inzwischen alle Zechen eingemottet und zu Industriedenkmälern erklärt worden sind, gibt es noch diesen spezifischen Duft, den man in Münster nicht schnuppern kann.

Die Ipkens wohnten in einem Stadtteil mit Hochofen im Hintergrund. Von den braunkohlebraunen bis anthrazitgrauen Häusern wusste man nicht genau, ob sie von den Malern so geplant waren oder ob sich die Farbe im Laufe der jahrelangen Ablagerungen ergeben hatte. Alle hundert Meter umlagerte ein Grüppchen Flaschentrinker einen Kiosk und alle zweihundert Meter gab es eine Pommesbude, abwechselnd deutsch und türkisch. Der Einfachheit halber nahm ich Schaschlik mit Pommes rot.

Die Haustür war nur angelehnt. Ich klingelte trotzdem und ging schon mal nach oben. Vom vielen Putzen hatte die Treppe kaum noch Farbe. Unterwegs überfielen mich die Gerüche von mindestens fünf Hauptmahlzeiten, zwei bis drei davon mit Knoblauch.

In der Tür stand eine gut erhaltene Mittvierzigerin, die sich von ihrem Taschengeld ein bisschen Blond fürs Haar geleistet hatte. Sie zuckte mit keiner Wimper, als sie mich sah. In diesem Viertel gab es solche Typen wie mich vielleicht öfter, als es den Krankenkassen lieb war.

»Guten Tag, Frau Ipken. Erschrecken Sie nicht, ich hatte letzte Woche einen Autounfall«, sagte ich. »Wir haben vorhin miteinander telefoniert.«

Sie trat wortlos zur Seite und zeigte mit dem Kinn auf eine rechts abzweigende Tür: »Mein Mann ist in der Küche. Wir sind gerade beim Essen.«

»Ach, das tut mir aber leid. Soll ich vielleicht in zehn Minuten noch einmal wiederkommen?«

»Wer ist denn da?«, tönte ein Bass aus der Küche.

»Der Detektiv, von dem ich dir erzählt habe«, gab sie zurück.

»Soll reinkommen!«, kommandierte der Bass.

Peter Ipken brachte mit Bierbauch rund hundert Kilo auf die Waage, sah jedoch kräftig genug aus, um einen Araberhengst mit einem Schlag niederzustrecken. Über den muskulösen Oberkörper spannte sich ein schulterloses Unterhemd.

»Wollen Sie mitessen?«, fragte er, nachdem er mir die rechte Hand gequetscht hatte.

Ich dachte an das Schaschlik, das in meinem Magen rumorte, und lehnte dankend ab.

»Aber ein Bier trinken Sie doch wohl mit?«

Da konnte ich nicht Nein sagen.

Margrit musste ein Bier holen und zusehen, wie sich die beiden Männer zuprosteten.

Genau genommen aß nur noch er. Und sehr wahrscheinlich war es der dritte Teller, den er an diesem Abend verdrückte. Ich lächelte in die Runde und versuchte, nicht auf seine mahlenden Unterkiefer zu starren.

»Margrit sagt, Sie wollen was von mir wissen.« Er schob ein Stück Schweinefleisch auf die rechte Mundseite.

»Es geht um eine ganz alte Geschichte. Ich untersuche einen Todesfall, der vor zwanzig Jahren passiert ist. Damals waren Sie in dem Krankenwagen, der das Opfer abholte.«

»Ist ja 'n Ding. Soll man gar nicht glauben, dass da heute noch einer Interesse dran hat.«

»Mein Klient ist etwas nachtragend«, erklärte ich. »Er glaubt, dass es sich um einen Mord gehandelt hat.«

»Ach was.« Ipken schob den Teller weg und zog den Pudding näher. »Mord!«

»Ich bin mir noch nicht sicher, ob es einer war. Aber einige Ungereimtheiten gibt es in der Geschichte schon. Ich bin hergekommen, um von Ihnen zu hören, was Sie damals gesehen haben.«

»Wer war es denn?«

»Karl Pobradt. Bauunternehmer, wohnte damals in einer Villa in der Goldstraße.«

»Namen sagen mir nichts. Auf welche Weise hat es ihn erwischt?«

Ich gab eine möglichst medizinische Beschreibung der näheren Todesumstände und sah, wie sein Gehirn arbeitete.

»Ich glaub, ich weiß, wen Sie meinen«, sagte er kauend. »War 'ne ziemliche Sauerei. Alles voller Blut und Gehirn, sogar die Decke.«

»Er war noch nicht tot, als Sie ankamen, richtig?«

»Nee, tot war er nicht, aber so gut wie.«

»Hat er noch etwas gesagt, bevor er starb?«

»Kein Wort. Konnte er auch nicht, weil er bewusstlos war. Der Mensch hat nur sieben Liter Blut, wissen Sie. Wenn Sie davon drei bis vier Liter abzwacken, ist Schicht. Außerdem hat er ja die Kugel direkt in den Kopf gekriegt. Da denken Sie nichts mehr.«

»Der hätte nur als menschliche Pflanze überlebt«, fuhr Ipken fort. »Herzlungenmaschine, mindestens aber intravenöse Ernährung. Ist schon besser so, glauben Sie mir. Mancher Doktor hat mir gesagt: Warum sind Sie nicht noch eine Runde ums Krankenhaus gefahren? Dann hätten wir jetzt keine lebende Leiche, die uns die Betten stiehlt.«

Ich nickte verständnisvoll und betrachtete die leere Puddingschüssel. »Und sonst? Ist Ihnen etwas aufgefallen? Etwas, das nicht zu einem Selbstmord passte?«

»Nee. Außer, dass die Flinte auf dem Bett lag. Da wird er sie ja wohl kaum abgelegt haben, bevor er umfiel.«

»Das hat der Nachbar auf sich genommen.«

»Dann war das wohl eine der beiden Figuren, die im Flur hockten.«

Ich hob die Augenbrauen. Ipken ließ gerade den halben Inhalt seiner Bierflasche durch die Kehle gleiten.

»Sie meinen, es waren zwei Männer anwesend? Bislang habe ich nur von einem gehört.«

»Es waren zwei, da bin ich ganz sicher. Haben noch gemault, dass wir so lange brauchen würden.«

»War die Polizei schon da, als Sie kamen?«

»Nee, die lassen sich immer Zeit in solchen Fällen. Müssen erst ihre Pommes aufessen. Sind ganz froh, wenn wir das Gröbste schon weggeräumt haben, bevor sie kommen.«

»Sie haben die Polizei also nicht mehr gesehen?«

»Wir hatten es eilig. War kein angenehmer Anblick, wenn Sie verstehen, was ich meine. Und er lebte ja noch, theoretisch zumindest.«

Auf dem Nachhauseweg überfiel mich ein Schub. Es juckte am ganzen Körper, und sich bei hundertdreißig Stundenkilometern am rechten Bein zu kratzen, ist eine heikle Angelegenheit. Es musste wohl an dem verfluchten Schaschlik liegen.

VII

Im Katasteramt gab ich mich als Rechtsanwalt aus. Für Normalsterbliche und Privatdetektive ist der Zugang zu den Grundbüchern etwas schwierig. Rechtsanwälte dagegen haben ein berechtigtes Interesse.

Ich schäkerte ein bisschen mit einer Sachbearbeiterin, die so viel Erotik ausstrahlte wie Mutter Teresa zu ihren besten Zeiten. Dann hatte ich den Rücken frei und die Unterlagen einer Straße in Coerde für mich allein. Ottokar Runze hatte ein halbes Jahr nach Pobradts Tod mit dem Bau seines Hauses begonnen. Kein Beweis, aber ein handfestes Druckmittel für den Fall, dass ich die Runzes noch ein zweites Mal besuchen sollte.

Von der Klemensstraße waren es nur fünf Minuten Fußweg unter den Arkaden bis zu meinem Laden. Der hartnäckig anhaltende Frühling hatte bei den Menschen erste Gemütsveränderungen bewirkt. Sie gingen lockerer, sahen weniger verbissen aus und guckten sich sogar gelegentlich in die Augen. Vor allem die jungen Frauen schienen wie aus dem Winterschlaf erwacht. Aber das konnte auch Einbildung sein.

Willi stand hinter der Theke und sah besorgt aus. »Mein Gott, Georg, was ist denn mit dir passiert?«

»Es ist eigentlich ein Wunder, dass ich noch lebe. Wenn man bedenkt, wie viele Mörder und Schlägertrupps hinter mir her sind.«

Willi lächelte etwas verkrampft. »Du solltest dich zur Ruhe setzen. Ich stopfe dir dann die Opiumpfeife, und du denkst über das Leben nach.«

»Keine schlechte Idee, Watson. Nur noch dieser eine Fall und wir gehen gemeinsam auf eine Südseeinsel. Frauen, Opium und das Meer – ich schreibe meine Memoiren, die nach meinem Tod vom Fernsehen verfilmt werden.«

Willi trat vorsichtig einen Schritt nach rechts und stützte sich dabei auf der Glasplatte ab. Ich sah ihn scharf an und er zuckte entschuldigend mit den Schultern.

»Der Feuerlauf«, sagte ich.

»Es sah völlig kinderleicht aus. Zehn Leute sind vor mir rübergegangen, ohne mit der Wimper zu zucken. Dann kam ich. Die ersten Meter bin ich geschwebt. Ich habe nichts von der Hitze gemerkt, ehrlich. Hätte ich nur nicht nach unten geguckt! Plötzlich war es aus. Ich bin noch zur Seite gesprungen, aber ...«

»Brandblasen?«

Willi nickte. Wir guckten uns an und fingen an zu lachen. Zwei Selbstverstümmelungskünstler in der Manege des Lebens.

»Komm, wir gehen ins Café Peimann«, sagte ich. »Das Leben ist einfach zu hart, um zu arbeiten.«

»Und der Laden?«

»Wegen Krankheit geschlossen.«

Auf der Treppe begegnete uns Egon. Er fragte, ob wir seine Krücken haben wollten. Wir ließen ihn wortlos stehen.

»Dann haben wir gesungen: *Ein Feuer haben wir entfacht, um heute anzugeh'n, durch uns'res Geistes Übermacht selbst Glut zu widersteh'n.* Es war sehr feierlich, sag ich dir. Wir standen Hand in Hand um den brennenden Holzhaufen herum und sagten uns immer wieder: Du schaffst es, du schaffst es!«

»Geistige Übermacht, soso«, murmelte ich und zog an meinem Zigarillo.

»Es ist eine geistige Frage«, beharrte Willi. »Du musst es

nur wollen. Wenn du wirklich über das Feuer gehen willst, schaffst du es.«

»Und warum hast du es nicht gewollt?«, fragte ich ihn.

Die Kellnerin brachte zwei neue Tassen Kakao und Willi lächelte sie dankbar an.

»Ich glaube, ich habe es zu einfach genommen. Ich dachte, ich würde auch so rüberkommen. Es fehlte das entscheidende Quäntchen Konzentration. Bogner erzählte, dass sich vor allem diejenigen die Füße verbrennen, die den Feuerlauf zum zweiten Mal mitmachen. Die denken nämlich, sie hätten es gelernt.«

»Wer ist Bogner?«

»Der Typ, der den Feuerlauf geleitet hat. Sieht aus wie ein Versicherungsvertreter, mit Anzug und Schlips. Seine Frau musste auf das Feuer aufpassen, während er uns mental trainiert hat.«

»Ein Schamane in Schlips und Kragen?«

»Bogner ist kein Schamane, der ist Geschäftsmann. Pro Nase kostete der Feuerlauf zweihundert Mark. Kein schlechter Stundenlohn, wenn man das mit einem Briefmarkenverkäufer vergleicht. Und ohne Risiko. Wir mussten vorher unterschreiben, dass wir keine Schadenersatzansprüche gegen ihn geltend machen.«

Wir schlürften unseren Kakao. Es gab so viele erfolgreiche Menschen. Keiner von denen käme auf den Gedanken, sich für 150 Mark pro Tag plus Spesen die Nase einschlagen zu lassen.

Nachmittags fuhr ich nach Nordwalde raus und quatschte ein bisschen mit Hermann Pobradt. Hauptsächlich suchte ich einen Hinweis auf den zweiten Mann im Hausflur, einen alten, längst vergessenen Hausfreund oder so etwas Ähnliches.

Da Hermann Pobradt nichts dazu einfiel, bat ich ihn um Fotos von seinem Bruder und seiner Schwägerin.

Er brachte ein speckiges Fotoalbum und ich sah Karl Pobradt in jedem Lebensalter. Er schien ein ziemlich braver Junge gewesen zu sein, jedenfalls war in seinem Gesicht keine Spur von Aufsässigkeit zu entdecken. Auch später noch, als Unternehmer und im Dreiteiler, sah er frisch und unbedarft aus. Aus seinen wässrig-blauen Augen strahlte jene Beschränktheit, die ländlichen Menschen oft bis ins hohe Alter zu eigen ist.

Die erste Frau, die in dem Album auftauchte, stand im Hochzeitskleid neben Karl vor der Kirche. Neben auffälliger Schönheit vermittelte Wilma den Eindruck, dass sie über erheblich mehr Lebenserfahrung als ihr Mann verfügte.

Weitere Erkenntnisse bekam ich nicht. Ich fühlte mich wie ein Archäologe, der tief in der Erde buddelt, um eine Scherbe aus vorchristlicher Zeit zu finden, auf die die Götter in weiser Voraussicht den Namen des Mörders geschrieben haben.

Um den Plan für meine Ausgrabungen zu vervollständigen, verabredete ich mich mit Karlheinz Höker im *Roten Kamel*.

Zu dieser frühen Abendstunde war es im *Roten Kamel* ausgesprochen ruhig. Als die Kneipe noch nicht alternativ angehaucht war und auf einen weniger ausgefallenen Namen hörte, hatte sie als Treffpunkt der münsterschen Sozialdemokraten gedient. Damals, in der Weimarer Republik und in den Fünfziger- und Sechzigerjahren, befanden sich die SPD-Zentrale und das DGB-Haus in unmittelbarer Nähe. Aus Traditionsbewusstsein, dem kein Zeitgeist etwas anhaben konnte, tranken noch immer einige Sozis hier ihr Bier. Darunter Karlheinz Höker, der inzwischen fett und satt gewordene ehemalige Juso-Chef. Seit acht Jahren saß er im Stadtrat, wo er sich den Vorsitz des Planungsausschusses erkämpft hatte und sich seither für jeden frei gewordenen Stadtdirektorposten in Städten mit SPD-Mehrheit bewarb. Bislang erfolglos. Ich kannte Höker aus unseren gemeinsamen Juso-Tagen.

Schnaufend ließ er sich auf den Stuhl fallen und wischte sich das schweißglänzende Gesicht. »Furchtbar warm heute«, stöhnte er. »Wartest du schon lange?«

Er bestellte ein großes Bier und Köfte. Ungefähr die Hälfte aller münsterschen Kneipen hat türkische Küche.

»Ich habe nicht viel Zeit«, eröffnete mir Höker, »um acht Uhr ist Ortsvorstand. Da darf ich als Vorsitzender nicht fehlen.«

»Macht dir das noch Spaß, von einem Termin zum nächsten zu hetzen?«

»Nur durch Kleinarbeit kann man den Bürger gewinnen.«

»Das neue Gestell auf dem Kinderspielplatz, die kranke Silberlinde an der Straßenecke«, ergänzte ich.

»Mach dich ruhig darüber lustig! Du bist und bleibst ein Zyniker. Aber ich habe die Hoffnung nicht aufgegeben, dass sich etwas verändern lässt.«

»Und wenn der Parteivorsitzende sich vor der nächsten Kommunalwahl scheiden lässt, dann geht ihr den Bach runter, egal, wie viel Silberlinden ihr beackert habt.«

»Findest du das, was du machst, vielleicht wichtiger? Entlaufene Hunde oder Kinder suchen?«

Ich merkte, dass die Unterhaltung in die falsche Richtung lief. Schließlich wollte ich von Höker ein paar Informationen. »Wichtiger bestimmt nicht. Aber ich mache nur das, wozu ich Lust habe.«

»Das sieht man«, sagte Höker und deutete mit dem Bierglas auf meinen Nasenschutz.

Eine Kellnerin brachte zwei Teller. Mein Sis Kebab sah recht ansprechend aus.

»Friede, Höker!«, sagte ich und schob mir ein Stück Lammfleisch in den Mund. »Einigen wir uns darauf, dass wir beide versuchen, uns irgendwie nützlich zu machen.«

Er grunzte und sabberte ein bisschen und hörte dann auf zu schmollen.

»Hillerich«, sagte ich. »Kurt Hillerich.«

Höker zog pfeifend die Luft ein. »Eine Ratte.«

»Inwiefern?«

»Hillerich ist mehrfacher Millionär. Weißt du, wie er das geschafft hat?«

»Nein«, log ich.

»Nehmen wir mal an«, sagte Höker und faltete seine Serviette auseinander, »das hier ist ein Acker. Der Acker liegt innerhalb des Stadtgebietes, in der Nähe einer großen Straße. Es besteht durchaus eine Chance, dass aus dem Acker Baugebiet wird. Vielleicht in ein oder zwei Jahren, vielleicht aber auch erst in fünf Jahren. Du gehst also hin und bietest dem Bauern das Doppelte oder Dreifache von dem, was er für den Acker als Acker bekommen würde. Ist der Acker zu Baugebiet erklärt, kannst du leicht das Zwanzigfache verlangen.«

»Wenn ich Bauer wäre, würde ich warten, bis mein Acker zu Baugebiet erklärt wird, und dann selber das Zwanzigfache verlangen.«

»In diesem Fall würdest du auf deinem Acker sitzenbleiben. Du müsstest zusehen, wie die Äcker rund um deinen zu Baugebieten erklärt werden. Nur dein Land bleibt landwirtschaftliche Nutzfläche.« Höker kaute mit der linken Mundseite und benutzte die rechte zum Sprechen. »Das ist eine vereinfachte Darstellung. Natürlich kauft Hillerich nicht selbst. Dafür hat er seine Leute. Er weiß halt nur, wo die nächsten Baugebiete entstehen.«

»Ich dachte, so etwas diskutiert ihr im Stadtrat.«

»Wir sind Amateure, die Politik nach Feierabend machen. Wir können nur das diskutieren, was uns die Verwaltung vorsetzt. Und auf einen Strich, den wir durch Hillerichs Rechnung machen, kommen vier Lottogewinne. Einen gewissen Schwund kalkuliert er ein.«

»Wie kann er so sicher sein?«

»Er hat bei der Stadtverwaltung seine Leute. Unter anderem ist sein Schwager dort ein hohes Tier. In der Politik nennt man das Filz. Manche sagen auch Mafia, aber ich halte das für zu hoch gegriffen.«

»Ist noch kein Bauer auf den Gedanken gekommen, mit der Geschichte an die Öffentlichkeit zu gehen?«

»Bauern sind in den seltensten Fällen dumm. Würde dein standhafter Bauer an die Öffentlichkeit gehen, wäre die Chance, dass aus seinem Acker Bauland wird, gleich null. Da verkauft er lieber, wenn auch mit einem bescheidenen Gewinn, an Hillerich. Aber angenommen, der Bauer ist stur und hat einen Hass auf Hillerich entwickelt. Er geht also zu einer münsterschen Tageszeitung. Ich garantiere dir: Kein Satz von seiner Geschichte wird gedruckt.«

»Weil Hillerich die besten Beziehungen zur Zeitung hat.«

»Eben. Gehen wir weiter davon aus, dass unser Bauer jetzt erst richtig wütend wird und ein Flugblatt drucken lässt. Dann wird er von Hillerich wegen übler Nachrede angezeigt. Denn Hillerich hat nur unter vier Augen mit ihm verhandelt. Ergo kann der Bauer vor Gericht keinen Zeugen beibringen.«

Höker nahm die Serviette und wischte sich mit ihr den Mund ab.

VIII

Am nächsten Morgen war ich noch vor der Sonne auf den Beinen. Es trieb mich hinaus zum Horstmarer Landweg, vorbei an Wohntürmen, in denen Studenten, in Neun-Quadratmeter-Zimmern gestapelt, von kommenden Privilegien träumten.

Hinter den Wohnheimen verengte sich die Straße. Rechts standen beinahe zweiglose Fichten dicht nebeneinander, während links ein kleines Industriegebiet auf den Arbeitsbeginn wartete. Eigentlich hatte ich vorgehabt, meinen Wagen unauffällig in der Nähe der Pobradt Hoch- und Tiefbau zu parken. Doch dazu hätte ich ihn mit einem Tarnnetz und reichlich Fichtenzweigen bedecken müssen. Also fuhr ich weiter, bis ich nach einem halben Kilometer auf einen kleinen Parkplatz stieß, der für Sonntagsausflügler gedacht war, die einmal einen kranken Wald aus nächster Nähe betrachten wollten.

Mit einem Fernglas bewaffnet nahm ich am Waldrand Aufstellung. Die Sicht war gar nicht so schlecht und ich zählte die Lastwagen, die auf dem Areal standen. Es waren elf. Weiter hatte ich vorläufig nichts zu tun. Ich steckte einen Zigarillo an und betrachtete meine leicht zittrige Hand. Es war verflucht kalt an diesem Morgen. Und viel zu früh.

Nach einer halben Stunde kamen die ersten Arbeiter. Ich hielt nach einem Mann Ausschau, der für meine Zwecke geeignet schien. Er musste mindestens fünfzig Jahre alt sein und einen Lastwagen fahren.

Die Angekommenen verschwanden zunächst in einer Baracke. Umgekleidet tauchten sie kurze Zeit später wieder auf und schlenderten zu den Lastwagen hinüber. Keiner entsprach meinen Altersvorstellungen.

Dann kamen ein paar ältere Männer, die jedoch zu einem anderen Gebäude, offensichtlich der Verwaltung, gingen. Inzwischen waren nur noch drei Laster übrig. Ich fürchtete bereits, dass ich etliche Tiefschlafstunden vergeblich geopfert hatte, als ich meinen Mann sah. Er hatte grau melierte Schläfen an einem ansonsten kahlen Schädel. Unter dem rötlichbraunen Rollkragenpullover versteckte er einen Medizinball, der ihn beim Gehen behinderte. Mühsam kletterte er in sein Fahrzeug und rollte sich hinter das Steuer. Das war das Letzte, was ich sah, bevor ich zu meinem Auto sprintete.

Einen Lastwagen zu verfolgen, ist eine vergleichsweise simple Tätigkeit. Wenn man in Kauf nimmt, an Ampeln gelegentlich als Rotsünder aufzutreten, kann er einem praktisch nicht entwischen. Mit dieser Wahrscheinlichkeitsrechnung im Kopf folgte ich meinem Mann quer durch die halbe Stadt. Wie sich herausstellte, beteiligte er sich an der Verkehrsberuhigung im Ostviertel. Die Bürger bekamen hier, statt der früheren geraden Straßen, geschlängelte Pfade mit Blumenkübeln und Pflastersteinstreifen, die ein schnelleres Altern der Stoßdämpfer bewirken sollten.

Mein Mann blieb in seinem Laster sitzen und ließ sich von einem Bagger die Ladefläche mit altem Asphalt vollpacken. Ich nagte an meiner Unterlippe und ab und zu an einem der beiden Käsebrötchen, die ich aus der nahen Bäckerei geholt hatte.

Dann brachte er den Schutt weg und lud Pflastersteine, die er ins Ostviertel karrte. Das machte er noch zwei Mal, bevor es Mittag wurde.

Meine Befürchtung, dass er auch in der Fahrerkabine essen

würde, erwies sich gottlob als falsch. Auf einer Ausfallstraße hielt er vor einer Imbissstube, die sich extra für Lastwagenfahrer einen großen Parkplatz zugelegt hatte.

Ich nahm einen Hamburger mit Pommes und setzte mich an seinen Tisch. »Ich habe gesehen, dass Sie aus einem Pobradt-Laster gestiegen sind«, sagte ich. »Ich bin ein entfernter Verwandter der Pobradts, genauer gesagt vom alten Chef. Seit dem Unglück damals ist die Familie ja zerstritten.«

Er ließ für einen Moment sein Schweineschnitzel in Ruhe und guckte mich an.

»Waren Sie schon dabei, als es passierte?«, fragte ich.

»Hmm«, sagte er.

Ich ließ mir meine Freude nicht anmerken. »Eine seltsame Geschichte. Ich weiß noch genau, dass meine Onkel und Tanten fest davon überzeugt waren, dass er sich nicht umgebracht hat. Sie vermuteten, dass ein anderer Mann im Spiel war, konnten aber nichts beweisen.«

Er griff zu seiner Bierflasche.

»Ich fand das ziemlich spannend«, fuhr ich fort. »So ähnlich wie ein Krimi im Fernsehen. Ich war ja erst sechzehn. Aber jetzt, wo ich Sie aus dem Laster steigen sah, fiel mir die Geschichte wieder ein. Und ich dachte: Frag ihn doch mal! Vielleicht weiß er irgendetwas.«

»Was soll ich wissen?«, brummte der Dicke.

»Wenn sie, ich meine Wilma Pobradt, einen Freund hatte, ist der bestimmt mal in der Firma aufgetaucht. Man merkt doch gleich, wenn zwei was miteinander haben, an der Art, wie sie sich angucken, sich die Hand geben oder in den Mantel helfen.«

»Oder sich öffentlich abknutschen«, ergänzte er.

»Es gab ihn also?«, triumphierte ich.

»Das hab ich nicht gesagt.« Er schob den leer gekratzten Teller weg. Mein Hamburger lag noch beinahe unberührt in einer Mayonnaisepfütze. Sein Gesicht bekam einen verächtlichen Zug, als er sich vorbeugte. »Sie sind ein Schnüffler. Meinen Sie, ich habe nicht gemerkt, dass Sie mir den ganzen Morgen gefolgt sind?«

Ich schluckte.

»Dieses dumme Geschwätz vom entfernten Verwandten können Sie einem Blödmann erzählen, aber nicht mir. Sie wollen mich aushorchen, und zwar zum Nulltarif. Das läuft bei mir nicht.«

Ich verstand die Botschaft, holte den vorsorglich in der Jackentasche verstauten Fünfzigmarkschein heraus und schob ihn unter seinen Bierdeckel.

»Wer redet denn von Nulltarif. Für gute Informationen zahle ich.«

»Das ist etwas anderes«, sagte er und steckte den Fünfzigmarkschein ein. »Es gab *ihn.* Er war nach dem Unglück eine Zeit lang die rechte Hand der Chefin. Bis sie sich verkrachten und sie ihn rausschmiss.«

»Name?«

»Das kostet extra.«

Nun musste ich doch zum Portemonnaie greifen. Ich hatte ihn einfach unterschätzt. Nachdem der zweite Fünfziger in seiner speckigen Lederjacke verschwunden war, sagte er: »Werner Meyer, mit e – y.«

»Wo finde ich ihn?«

»Ich weiß nicht.«

»Ich bin doch nicht der *stern*«, protestierte ich.

»Ich weiß es wirklich nicht«, knurrte er und stieß beim Aufstehen mit dem Bauch unter die Tischkante. »Schönen Tag noch!«

Da saß ich vor meinem kalt gewordenen Hamburger und war um eine Information reicher. Die hundert Mark konnte ich ja auf die Spesenrechnung setzen. Während ich die gummiartigen Pommes kaute, beschlich mich der Verdacht, dass der Dicke das Treffen in der Imbissstube extra für mich arrangiert hatte. An anderen Tagen verließ er seinen Laster garantiert nicht.

Nach dem Essen fühlte ich mich miserabel. Zum Teil gab ich dem Küchenchef die Schuld, zum Teil meinem unausgeschlafenen Zustand. Ich beschloss, eine längere Mittagspause einzulegen, und fuhr nach Hause. Im Briefkasten fand ich ein Glückslos, eine Einladung zu einer Kaffeefahrt und einen Drohbrief. Seine Botschaft war kurz und maschinengeschrieben. Sie lautete: *Letzte Warnung.*

Mit dem Drohbrief ging ich ins Schlafzimmer und schlief nach kurzer Zeit ein. Als ich aufwachte, fühlte ich mich schon besser. Ich nahm den Brief, der neben mir im Bett lag, und starrte auf die beiden Wörter. Die ganze Sache gefiel mir überhaupt nicht. Egal, ob der Brief von Katharinas Bruder, von Hillerich oder von Merschmann stammte, auf ihre Art waren alle drei unangenehm. Und zusammen konnten sie einem kleinen Privatdetektiv das Leben ziemlich schwer machen.

Ich wälzte mich aus dem Bett und legte eine Platte von Leonhard Cohen auf. Der alte Melancholiker brummte sich den Weltschmerz von der Seele und ich fühlte mit ihm. Durch die staubigen Küchenfenster rieselten die letzten Sonnenstrahlen. Es war Zeit, an die Arbeit zu gehen.

Ich zog meinen schwarzen Trainingsanzug an und nahm aus dem Keller das nötige Werkzeug mit. Als ich den kleinen Parkplatz erreichte, war es bereits stockdunkel. Das Firmengelände wurde von einer Art Flutlichtanlage beleuchtet, die mir die Arbeit wesentlich erleichterte. Ordentlich und vermutlich nach Vorschrift begann der Nachtwächter zu jeder vollen Stunde seinen Rundgang. Ich beobachtete ihn so lange, bis ich sicher war, in welcher Reihenfolge er die Stationen ablief. Wenn ich es geschickt anstellte, hatte ich eine knappe Stunde Zeit.

An der abgelegensten Stelle kletterte ich den Drahtzaun hinauf, der das Firmengelände umgab. Oben hatte man noch NATO-Draht gezogen, dem ich erst mit einer Drahtschere zu Leibe rücken musste, bevor ich mich auf der anderen Seite herunterlassen konnte. Dann versteckte ich mich unter einem der Laster. Sollte der Nachtwächter bei seinem Plan bleiben, musste er gleich den Rundgang antreten.

Tatsächlich kam er wenige Minuten später aus der Baracke neben der Einfahrt. Sein Weg führte zunächst zu dem Geräteschuppen, an dessen Türknöpfen er wie wild rüttelte. Nun umkreiste er, allerdings in gebührendem Abstand, die Lastwagen, um anschließend auf das Verwaltungsgebäude zuzusteuern. Ich gab ihm zehn Minuten, in denen er das Gebäude umlaufen und alle Gänge im Innern besichtigen sollte. Dann machte ich mich auf den Weg.

An der rückwärtigen Front des Verwaltungsgebäudes wählte ich ein ebenerdiges Fenster, setzte einen Gummisauger neben den Griff und schnitt mit dem Glasschneider ein passendes Loch. In weniger als einer Minute war ich im Haus.

Bis dahin hatte es wie ein Kinderspiel ausgesehen. Doch die Probleme fingen jetzt erst an. Die Türen waren nummeriert, aber ohne Funktionsangabe, und eine nach der anderen aufzubrechen, schien mir etwas zu aufwendig. Unschlüssig wanderte ich durch das Gebäude.

Im obersten Stockwerk fand ich schließlich die zweitbeste Lösung: eine Tür mit der Aufschrift *Direktion*. Feinere Einbrecher hätten es sicher eleganter gemacht, ich dagegen fischte ein Stemmeisen aus meinem Rucksack und machte es auf die brutale Tour. Die Tür gab nach und ich stand im

Büro der Chefsekretärin, soweit ich das im Licht der Taschenlampe erkennen konnte. Sofort nahm ich die Zwischentür in Angriff, die mich von Wilma Pobradts Schreibtisch trennte. Das Holz krachte und splitterte. Ich war mächtig in Form.

Ihr Schreibtisch sah ziemlich barock aus und es tat mir ein bisschen leid um das schöne Furnier. Aber alles andere, als ihn aufzubrechen, wäre halbe Arbeit gewesen. In der obersten Schublade lag eine Telefonliste mit den Angaben, die ich suchte. Ein Herr Brinkmann leitete das Personalbüro gleich nebenan.

Bevor ich ging, nahm ich alle Bilder von den Wänden und hieb mit dem Stemmeisen einige Male auf das Zahlenschloss des Tresors, der sich hinter einer besonders schönen Industrielandschaft versteckte. Das sollte der Polizei genügend Stoff zum Nachdenken geben. Dann rückte ich Herrn Brinkmann auf die Bude.

Das Erste, was ich sah, war ein Computer. Beim zweiten Rundblick atmete ich erleichtert auf. In der Ecke standen vier graumetallene Aktenschränke. Offensichtlich misstraute Herr Brinkmann dem Computerzeitalter genauso wie ich. Und um mein Glück perfekt zu machen, hatte er die Personalakten alphabetisch geordnet. Unter Meyer, Werner fand sich die Eintragung: *Stellvertretender Betriebsleiter 1.3.1968–30.9.1969.* Und auch eine Adresse: *Kellermannstraße.* Gleich bei mir um die Ecke.

In dem Hochgefühl, saubere Arbeit geleistet zu haben, stürmte ich die Treppe hinunter. Bis ich Schritte hörte – und eine Stimme: »Wer ist da?«

Der Nachtwächter hatte seine Route geändert, vermutlich auch nach Plan. Ich hielt die Luft an und linste um die Ecke. Ungefähr zehn Meter von mir entfernt blinkte eine Taschenlampe. Der Nachtwächter stand genau da, wo er nicht sein sollte: zwischen mir und den Fenstern. Und zu allem Überfluss kam er geradewegs auf mich zu.

Vorhin hatte ich bei ihm keine Pistole entdeckt, also ließ ich es darauf ankommen. Als er noch einen Meter entfernt war, schnellte ich um die Ecke, packte ihn an der Jacke und stieß ihn gegen die Wand. Er machte einen Ton, der irgendwo zwischen Schmerz und Überraschung lag. Außerdem plumpsten zwei Gegenstände auf den Boden. Der eine war die Taschenlampe, der andere hatte die Umrisse einer Pistole.

»Hör zu«, zischte ich ihn an, wobei mir sein Knoblauchatem ins Gesicht schlug, »du hast zwei Möglichkeiten. Entweder ich schlage dich auf der Stelle bewusstlos oder du wartest hier fünf Minuten, bevor du Alarm schlägst. Was willst du?«

»Warten«, keuchte er mit türkischem Akzent.

»Okay, wenn du dich nicht daran hältst, komme ich in einer der nächsten Nächte zurück und du bist reif. Verstanden?«

»Jaja«, piepste er.

Ich drehte ihn um, sodass er mit dem Gesicht zur Wand stand. »Beine breit und Hände an die Wand!«, kommandierte ich. Er folgte gehorsam. Dann nahm ich die Pistole und ging langsam rückwärts zu den Fenstern.

»Rühr dich ja nicht, Freundchen!«, brüllte ich noch, bevor ich durchs Fenster verschwand und Fersengeld gab. Allzu viel Vertrauen in seine Ehrlichkeit hatte ich nicht.

Als ich im Auto saß, war ich völlig geschafft. Vorsichtshalber fuhr ich stadtauswärts und machte einen riesigen Umweg. Unterwegs warf ich die Pistole und meine Gesichtsmaske aus dem Fenster. Den Rucksack mit den Einbruchswerkzeugen vergrub ich an einer markanten Stelle im Wald. Für alle Fälle wollte ich das Zeug vorläufig nicht im Haus haben.

Kurz vor Mitternacht war ich zu Hause. Als ich die Tür öffnete, klingelte das Telefon.

»Hier ist Katharina«, sagte sie.

»Hallo, Katharina«, antwortete ich.

»Ich möchte dich zu einer Fete einladen, morgen Abend bei mir.« Sie nannte die Adresse.

»Ist dein Bruder auch da?«

»Nein.«

»Gut, dann komme ich.«

»Schön«, sagte sie.

Damit war das Gespräch auch schon beendet. Ich legte den Hörer auf und bemerkte, dass ich vergessen hatte, die Handschuhe auszuziehen. Ganz gegen meine Gewohnheiten nahm ich einen kräftigen Schluck Whisky und eine Schlaftablette. Sonst hätte ich in dieser Nacht vermutlich kein Auge zugetan.

IX

Ich stieß einen spitzen Schrei aus, den die alte Dame völlig ignorierte. Sie hatte mir ihren Einkaufswagen in die Hacken geschoben und wandte sich jetzt an die Verkäuferin mit dem Wunsch nach hundert Gramm Salami. Niemand nahm davon Notiz, dass ich schon seit fünf Minuten an der Theke stand.

»Ich bin dran«, stieß ich aus und alle guckten mich an, als hätte ich etwas Unanständiges gesagt. Die Verkäuferin knurrte verächtlich: »Ja, bitte?«

Vermutlich ist die Schlange vor dem einzigen *McDonald's* in Moskau noch viel länger, aber was nützen einem solche Erkenntnisse, wenn man samstagmorgens darauf wartet, sein Geld ausgeben zu dürfen.

Natürlich hatte ich wieder viel zu lange geschlafen, und nach dem ausgedehnten Frühstück verleitete mich das schöne Wetter, mit dem Fahrrad in die Innenstadt zu fahren. Den Markt auf dem Domplatz ließ ich rechts liegen. Nach alten Freundinnen, die von ihren Kindern hin- und hergezerrt wurden und sich bei mir über ihre unglücklichen Ehen beschwerten, war mir heute nicht zumute.

Also blieb nur das Kaufhaus, wo sich die Kurzvorschlusseinkäufer die Einkaufswagen aus den Händen rissen. Lange stand ich vor der Tiefkühltruhe und überlegte, ob ich mich am Abend mit einer Paella oder einem Hühnchen süßsauer überraschen sollte. Schließlich entschied ich mich für Nasi Goreng.

Vor dem Kaufhaus spielten ein paar Südamerikaner, die sich trotz der Wärme in wollige Ponchos gehüllt hatten,

Folklore. Nach dem Alter der Musiker zu urteilen, konnte es sich um die Kinder der damaligen Flüchtlinge handeln, die uns nach dem Putsch gegen Allende das Wort Venceremos beigebracht hatten.

Bis zu meinem Fahrrad, das ich neben der Lambertikirche abgestellt hatte, passierte ich einen Jongleur, den Stand der Tierversuchsgegner und, direkt vor der Kirche, das Fanfarenkorps der Bundeswehr. Marketingberater nennen so etwas wohl Erlebniseinkauf. Am nächsten Samstag würde ich jedenfalls zum Aldi an der Ecke gehen.

Samstag ist bei mir Haushaltstag. Das heißt, ich wasche, putze, sauge und nehme das dreckige Geschirr der letzten Woche in Angriff. Um vier war ich damit fertig. Bis zur Sportschau um sechs blieb mir noch Zeit für eine kleine Amtshandlung.

Die Kellermannstraße ist nur ein paar Häuserblocks von meiner Wohnung entfernt. Dass Werner Meyer dort nicht mehr wohnte, hatte ich schon am letzten Abend festgestellt. Alles andere wäre auch übertriebenes Glück gewesen.

Der Samstagnachmittag ist gerade die richtige Zeit für Überraschungsbesuche. Die Leute freuen sich auf die Grillparty oder Thomas Gottschalk und sind entspannt und hilfsbereit. Oder sie sind gestresst von den Vorbereitungen für die Party oder vom Familienstreit, der am Wochenende heftig aufblüht.

Der Mann im Trainingsanzug schien sich für die zweite Möglichkeit entschieden zu haben. »Sie wünschen?«, bellte er mich an.

»Ich hoffe, ich habe Sie nicht gestört«, heuchelte ich. »Ich suche einen alten Freund von mir: Werner Meyer. Er hat hier früher gewohnt.«

»Kenn ich nicht«, spuckte mich der Trainingsanzug an.

»Helmut!«, rief eine Frau aus dem Hintergrund.

»Entschuldigen Sie, meine Frau«, und die Tür war zu.

Nebenan erging es mir nicht viel besser. Immerhin konnte ich aus der genervten Frau herauskriegen, dass die Frau Buddeberg im zweiten Stock schon seit mindestens zwanzig Jahren dort wohnte.

»Kommen Sie doch herein«, bat mich Frau Buddeberg, nachdem ich meinen Spruch aufgesagt hatte. »Ich habe gerade Kaffee aufgesetzt. Dann können wir uns in Ruhe unterhalten.«

Wir kamen durch einen muffigen Flur in ein muffiges Wohnzimmer. Der Wellensittich auf der Anrichte guckte mich schräg an. Er überlegte wohl, ob er mir eins von seinen schmutzigen Wörtern an den Kopf knallen sollte.

Sie hatte noch keinen Kaffee aufgesetzt, aber sie tat es extra für mich. Außerdem zauberte sie ein Stück Sahnetorte auf den Tisch, das innen drin noch nicht aufgetaut war. Ich lutschte an dem Kuchen, nippte an dem Kaffee und hörte ihr zu.

»Ich erinnere mich noch gut an den Herrn Meyer. Er hat mir immer die Einkaufstasche getragen, wenn er mich vor dem Haus gesehen hat. Mein Mann ist ja 47 gestorben, in russischer Gefangenschaft. Danach habe ich nicht mehr geheiratet. Männer waren rar damals. Leider habe ich nicht viel von meinem Eugen gehabt. Kriegshochzeit, verstehen Sie. Drei Tage Fronturlaub, dann war er wieder weg.«

Ihre wässrigen, rot umränderten Augen fixierten mich. Ich nickte und konzentrierte mich auf den Kuchen. »Und der Herr Meyer?«, fragte ich kauend.

»Ach ja, Sie sind ja wegen dem Herrn Meyer da. Und ich erzähle von meinem verstorbenen Mann. Das interessiert Sie sicher alles überhaupt nicht.«

»So ist das nicht«, log ich, »aber meine Frau wartet zu Hause auf mich. Wir sind mit ein paar Freunden verabredet.«

»Ich verstehe«, sagte sie mit leidender Miene.

»Eugen«, warf der Wellensittich ein.

»Er heißt auch Eugen«, erklärte die Alte. »Wie mein verstorbener Mann. Ist er nicht süß?«

»Wer?«

»Eugen. Ich habe ihn jetzt schon sieben Jahre. Meine Nichte hat ihn mir Weihnachten neunzehnhundert ...« Und so ging das immer weiter. Ab und zu guckte ich verstohlen auf die Armbanduhr. Es gibt Härteres im Leben eines Privatdetektivs, als vereisten Kuchen zu essen und Geschichten von Wellensittichen und Verstorbenen zu hören, aber zu den Sonnenseiten des Berufes gehören solche Stunden auch nicht. Schließlich kam sie wieder auf Werner Meyer zu sprechen.

»Als er sah, wie viel Mühe es mir machte, die schwere Mülltonne nach vorne zu schieben, hat er gleich angeboten, das für mich zu erledigen. Selbstverständlich habe ich mich erkenntlich gezeigt. Jedes Jahr bekam er zu Weihnachten eine schöne Flasche Schnaps. Trotzdem: Ich hatte keinen Grund zu klagen. Dagegen die Frau Stenzel, die oben neben ihm gewohnt hat, leider ist sie jetzt auch schon sechs Jahre tot, die hat mir manchmal Sachen über ihn erzählt.«

»Was für Sachen?«

»Frauengeschichten.«

Die Fortsetzung kostete mich noch eine Tasse Kaffee. Sie selbst trank übrigens keinen. Wegen ihres Herzens, wie sie sagte. Als wir uns stillschweigend auf die Geschäftsgrundlage geeinigt hatten, erzählte sie weiter.

»Der hatte immer verschiedene, meinte jedenfalls Frau Stenzel. Und einmal sind sie sogar gemeinsam in die Badewanne gegangen. Das Badezimmer von Frau Stenzel ist direkt neben seinem, wissen Sie.«

Ich wusste nicht, ob ich moralische Empörung oder Humor zeigen sollte, und beließ es bei einem unverbindlichen Lächeln.

»Zu meiner Zeit gab es so etwas nicht, aber Eugen und ich haben auch in der Wohnung meiner Eltern gewohnt. An eine eigene Wohnung war gar nicht zu denken.«

»Hat er irgendwelche Namen genannt?«, fragte ich hastig, um nicht wieder die Rede auf Eugen kommen zu lassen.

»Wer?«

»Eugen. Quatsch, ich meine Herr Meyer. Kennen Sie den Namen einer der Frauen?«

»Nein. Frau Stenzel hat nur gesagt: Jetzt ist die Blonde da. Oder die Braune.«

»Wann ist er denn ausgezogen, der Herr Meyer?«

»Das war …«, sie überlegte, »… kurz bevor die Zentralheizung eingebaut wurde. So um 1970 herum.«

»Und wohin ist er gezogen?«

»Er wollte nach Berlin. Ja, er sagte, man habe ihm dort eine Stelle angeboten.«

»Haben Sie danach noch etwas von ihm gehört?«

»Nein, nie wieder. Warum sollte er auch eine alte Frau wie mich besuchen?«

Ich ließ die Frage unbeantwortet. Stattdessen bedankte ich mich für den Kuchen und versicherte ihr, dass meine Frau schon auf heißen Kohlen sitzen würde.

Vor dem Haus atmete ich tief durch. Ein Blick auf die Uhr sagte mir, dass die Sportschau seit fünf Minuten lief.

Es war eine geräumige Altbauwohnung mit Stuck unter der Decke, knarrendem Parkettboden und einer großen Küche, wo sich die meisten Gäste aufhielten. Ich hatte befürchtet, dass ich den Alterspräsidenten abgeben würde, doch zu meiner Beruhigung sah ich zwei oder drei Späthippies in meiner Preisklasse.

Die Tür hatte mir eine junge Frau im Minirock geöffnet, und ich war unbehelligt bis in die Küche vorgedrungen. Da stand ich nun, die Flasche Wein in der einen, den Strauß Blumen in der anderen Hand, und harrte der Dinge, die noch kommen sollten.

Der Küchentisch war dicht umringt von Menschen, die Nudelsalat, gefüllte Weinblätter und Käse von Papptellern pickten. Sie unterhielten sich angeregt über ihre Beziehungsprobleme und beachteten mich nicht weiter. Mehr Erfolg hatte ich bei denen, die lässig an der Wand und am Schrank lehnten. Einige beäugten mich mehr oder weniger verstohlen über ihre Gläser hinweg.

Gerade hatte ich mich für eine Schwarzhaarige mit Pagenfrisur entschieden, als hinter mir ein »Georg, schön, dass du da bist!« ertönte. Katharina küsste mich auf den Mund und ich drückte ihr meine Mitbringsel in die Hände. Ihre Lippenstiftfarbe leuchtete wie die Reklame am Bahnhof.

»Komm mit, ich zeig dir die Wohnung!«, sagte sie.

Händchenhaltend durchwanderten wir die Fünfzimmerwohnung, die sie mit ihrer Freundin Iris teilte. Wir besichtigten ein Arbeitszimmer mit den obligatorischen Regalen an den Wänden. Auf dem Schreibtisch stand ein PC, der mittlerweile in keinem Studentenhaushalt mehr fehlen darf. Mein Steuerberater rät mir schon seit Langem zur Anschaffung eines Computers. Dass ich die Buchführung immer noch mit Kugelschreiber und Papier mache, ist für ihn reine Steinzeit.

Durch eine Verbindungstür gelangten wir in das Schlafzimmer, das hauptsächlich von einer zwei mal zwei Meter großen Spielwiese eingenommen wurde. Auf dem Bett lag ein Pärchen, das sich heftig abknutschte. Die Frau hatte ihre Hand unter dem T-Shirt der anderen Frau und ließ sich durch unsere Anwesenheit nicht von der Massage abhalten.

»Dunja und Susanne«, stellte Katharina vor. Die beiden guckten kurz auf. »Georg«, sagte Katharina und wies mit der Hand auf mich. Die beiden kicherten und fingen wieder an, sich zu küssen.

Wir kamen in das Wohnzimmer, das Katharina und Iris gemeinsam benutzten. Im Moment war es fast leer, bis auf eine wattstarke Anlage mit allen Schikanen. Hinter dem Mischpult stand ein pickliger, kurzgeschorener Bursche, der zu Klängen wippte, die nur er über Kopfhörer hören konnte. Die Musik, die durch die Lautsprecher kam, bewegte die Glieder von einem halben Dutzend anderer Menschen.

»Das ist Iris«, sagte Katharina und zeigte auf ein Wesen, das klein und rund war und wie ein Jojo auf- und niederhüpfte.

»Willst du was trinken?«, fragte sie nach kurzer Pause.

Ich nickte. Auf dem Weg zur Küche klingelte es an der Wohnungstür.

»Du findest alles in der Küche«, rief sie mir zu, bevor ich sie aus den Augen verlor.

Tatsächlich fand ich ein kühles Bier im Kühlschrank und mangels anderer Betätigungsfelder gesellte ich mich zu den Problemessern am Küchentisch.

»Er hat unsere Beziehung nie richtig verarbeitet«, sagte eine Frau, während ich einen Pappteller bis obenhin vollpackte. »Er muss lernen, mit seinen Ängsten umzugehen. Es geht mir dabei nicht um mich, nein, ich kann damit fertig werden. Aber die nächste Frau, auf die er trifft, wird genau dasselbe durchzustehen haben. Solange er sich dem Problem nicht stellt, solange er verdrängt …«

Ich schaute mich nach der Schwarzhaarigen um. Sie stand immer noch an der Wand und sah ziemlich gelangweilt aus.

»Es ist immer das Gleiche«, sagte ich, als ich mich neben sie stellte, »alle hocken in der Küche und reden über ihre alten Beziehungen. Dabei haben sie keinen sehnlicheren Wunsch, als eine neue anzufangen.«

Sie hob eine Augenbraue und blinzelte mir zu. »Und wen suchst du?«

»Groß, schlank, schwarzhaarig, möglichst ohne Komplexe.«

»Kein schlechter Geschmack. Leider stehe ich auf kleine Dicke mit Glatze. Und Männer mit gebrochenen Nasen kann ich überhaupt nicht ausstehen.«

»Wenn du willst, höre ich sofort mit dem Boxen auf. Es ist der Liebeskummer, der mich in den Ring treibt.«

»Du bist wirklich Boxer?«

»Na klar. Meinst du, ich bin aufs Gesicht gefallen? Es war ein harter Fight, sag ich dir. In der ersten Runde hat er mir die Nase zertrümmert, aber in der dritten habe ich ihn fertiggemacht. Zumindest nach Punkten.«

Langsam wurde sie warm. Sie drehte ihren Körper in meine Richtung und ließ ihren Blick auf meinen Oberarmen ruhen. »Du siehst gar nicht so stark aus. Eher wie ein Rechtsanwalt oder so.«

»Dicke Muskeln sind was für Bodybuilder. Außerdem bin ich ja kein Profi. Ich boxe, um mich fit zu halten.«

»Ach. Und was machst du beruflich?«

»Ich bin Privatdetektiv.«

Ihre Augen verengten sich für einen Moment und dann bekam ihr Gesicht einen höhnischen Ausdruck. »Dass ihr Typen immer so schamlos lügen müsst, wenn ihr Frauen in euer Bett zerren wollt.«

Zu meiner Rettung strich Katharina gerade vorbei. »So weit seid ihr schon? Wer will denn wen ins Bett zerren?«

»Sie kultiviert nur ihre feministischen Vorurteile«, warf ich ein. »Außerdem glaubt sie nicht, dass ich Privatdetektiv bin.«

»Doch. Er ist der Philip Marlowe von Münster«, sagte Katharina zu der Schwarzhaarigen. »Aber«, wandte sie sich mir zu, »warum willst du nicht mit Anna ins Bett gehen? Ist sie nicht attraktiv genug?«

»Es gibt im Moment nur ein, zwei Dinge, die ich lieber täte«, versicherte ich den beiden.

»Und wie ist es mit dir?«, fragte Katharina und legte ihren Arm auf Annas Schulter.

»Vielleicht, wenn er letzte Woche gekommen wäre. Jetzt bin ich leider unsterblich verliebt.«

»Ich komme immer zu spät«, murmelte ich. »Das ist mein Schicksal.«

Katharina kicherte und zerrte mich in den Tanzsaal. Der Discjockey hatte die Nostalgie-Stunde eingeläutet. Und was damals gut war, als ich mit klopfendem Herzen die Mädchen im Jugendzentrum zum Tanz aufforderte, konnte nicht zwanzig Jahre später plötzlich schlecht geworden sein.

»Bist du allein?«, fragte Katharina, als wir eine Pause einlegten und nach Luft schnappten.

»Ja.«

»Warum?«

»Ich weiß nicht. Die Frauen, die ich will, lassen mich abblitzen. Und die, die hinter mir her sind, verursachen bei mir nur ein leichtes Gruseln.«

»Das klingt nach Ausrede.«

»Kann schon sein. Wenn ich unbedingt ein Familienleben wollte, wäre ich vermutlich verheiratet, hätte zwei Kinder, würde sonntags mit ihnen um den Aasee spazieren und anschließend ein Eis essen gehen.«

»Findest du das so schlimm?«

»Nein, überhaupt nicht. Es ist nur so …« Ich fing an zu stottern und zuckte schließlich mit den Schultern. »Meine frühere Freundin nannte das Bindungsangst. Trivialer ausgedrückt: Ich warte immer noch auf die Traumfrau.«

»Da kannst du lange warten.«

Ich nickte. Mehr fiel mir dazu nicht ein.

»Hast du etwas herausgekriegt?«, fragte sie nach einer Weile. Am Ton ihrer Stimme hörte ich, dass es nicht mehr um meine Psyche ging.

»Nichts Besonderes«, sagte ich leichthin. »Ich verfolge eine vage Spur, die sich wahrscheinlich als Flop erweisen wird.«

»Das klingt wie das Vernebelungsdeutsch des Regierungssprechers.«

»Tut mir leid, aber konkreter kann ich nicht werden.«

»Gegenüber der Tochter der Hauptverdächtigen.«

Ich schaute sie an. Sie kniff für eine Zehntelsekunde den Mund zusammen und drehte dann den Kopf von mir weg.

Damit war der angenehme Teil des Abends gelaufen. Ich trank noch zwei Bier, nahm einen Zug von dem Joint, den Anna an mir vorbeitrug, bevor sie einem Jüngling schöne Augen machte, und fuhr dann nach Hause.

Es war eine sternenklare Nacht und der Prinzipalmarkt mit seinen historisierenden Fassaden sah aus wie eine Puppenstube. Um den Kitsch perfekt zu machen, stieß der Turmbläser von St. Lamberti gerade in sein Horn, als ich vorbeiradelte. Wäre da nicht der Betrunkene gewesen, der sich in den Rinnstein übergab, ich hätte mich für das einzig deplatzierte Element gehalten.

Vor meinem Haus lungerte eine Gestalt herum. Mir war weder nach einer Schlägerei noch nach einer nächtlichen Fahrradtour zumute. Also hoffte ich einfach darauf, dass sich die Angelegenheit friedlich regeln ließe. Als ich das Fahrrad abschloss, überkam mich ein leichtes Zittern, das ich auf die nächtliche Kühle zurückführte.

Die Gestalt rückte näher und sie sah so aus wie jemand, der mich kürzlich zusammengeschlagen hatte.

»Ich glaube, ich muss mich entschuldigen«, sagte Uwe Pobradt.

»Ja«, sagte ich und drückte das Kreuz durch, »das glaube ich auch.«

»Ich habe die Nerven verloren. So etwas ist mir noch nie passiert.«

Ich wartete.

»Könnte ich Sie kurz sprechen.«

»Warum nicht?« Ich schlug einen Spaziergang vor und wir bogen in die Hoyastraße ein. Aus den Kneipen rund um die Kreuzkirche torkelten die letzten Betrunkenen und grölten unanständige Lieder.

»Wie gesagt, es tut mir leid«, fing er wieder an. »Ich möchte die Sache möglichst einvernehmlich aus der Welt schaffen und biete Ihnen ein Schmerzensgeld an.«

»Zehn Tagessätze«, antwortete ich. »Ich schicke Ihnen eine Rechnung. Aber verwechseln Sie Schmerzensgeld nicht mit Schweigegeld.«

»Nein, nein«, wehrte er ab. »So war das nicht gemeint. Obwohl, mein Angebot gilt nach wie vor, ich wäre sogar bereit, es zu erhöhen. Sagen wir: 5.000 Mark.«

»Seien Sie froh, dass ich Sie nicht anzeige«, fuhr ich ihn an. »Wenn Sie Ihrer Mutter helfen wollen, beantworten Sie mir eine Frage: Wer war, außer den Familienangehörigen, während oder kurz nach dem Schuss, der Ihren Vater tötete, in der Wohnung?«

»Niemand«, stammelte er überrascht. »Wir waren allein.«

»Überlegen Sie mal«, hakte ich nach. »Da war der Nachbar, Runze. Aber es gab noch einen zweiten Mann.«

»Ein zweiter Mann, wieso?« Er beäugte mich misstrauisch. »Da war kein zweiter Mann. Mein Vater hat Selbstmord begangen, verdammt noch mal, wann kapieren Sie das endlich?«

Wir hatten die Kreuzkirche umrundet, die Kirchturmuhr schlug drei Mal. Die Straße war menschenleer. Ich beschloss, das Verhör nicht auf die Spitze zu treiben.

»Okay, mehr wollte ich nicht wissen. Sie hören von mir«, fasste ich mich kurz und ließ ihn stehen. Auf meinem Rücken brannte ein unangenehmer Blick. Und zum ersten Mal überlegte ich, ob ich mir nicht wenigstens eine Gaspistole zulegen sollte.

X

Am Sonntagnachmittag, als ich frühstückte, schwitzte Gabriela Sabatini auf dem Center Court. Sie verlor gegen eine – wie immer – griesgrämig aussehende Steffi Graf in knapp zwei Stunden. Genauso lange brauchte ich für das Frühstück und die anschließende Pfeife. Danach legte ich mich in die Badewanne und las einen Krimi von Loren D. Estleman. Bruce Springsteen schrie sich dazu die Seele aus dem Leib.

Estleman und Springsteen reichten bis zur Dämmerung. Sobald die Sonntagsausflügler die Stadt geräumt hatten, wanderte ich ein bisschen durch die Innenstadt, ging am Bischofssitz und dem Landesmuseum vorbei, trank einen Cappuccino in einem Café mit politischen Zeitschriften in Wandfächern und dachte über das Leben nach. Natürlich wusste ich, dass dies genau das falsche Rezept gegen Depressionen ist. Aber nach politischen Zeitschriften stand mir nicht der Sinn. Also überlegte ich, was ich in den letzten Jahren alles falsch gemacht hatte. Es wurde eine lange Liste. Ich schrieb sie auf einen Zettel, der sich in der Innentasche meiner Jacke fand, und fackelte ihn anschließend im Aschenbecher ab. Danach fühlte ich mich besser. Die drei Mädchen am Nebentisch warfen verstohlene Blicke auf mich und den Aschenbecher. Ich setzte eine geheimnisvolle Miene auf und zerkrümelte die Papierreste mit den Fingern. Als ich bei der Kellnerin bezahlte, redeten sie schon wieder über die besonders schwere Klausur, die sie nächste Woche schreiben mussten.

Der Tatort im Fernsehen war ein langweiliger Kurzfilm, den ein unbegabter Regisseur auf neunzig Minuten gedehnt hatte. Ich ging früh zu Bett und konnte lange Zeit nicht einschlafen. Es gibt Tage, die man am besten überschlägt. Vor allem Sonntage.

Am nächsten Morgen lief ich im Postamt auf und guckte mir an, wie viele Meyers mit Vornamen Werner im Berliner Telefonbuch standen. Es waren vierunddreißig. Ich brauchte nur eine Viertelstunde, um mir die Adressen und Telefonnummern aufzuschreiben.

Als Willi ins Büro gehumpelt kam, war ich schon bei Nummer zehn angelangt.

»Schön, dass du wieder da bist«, begrüßte er mich, »dann kann ich ja zum KÜ fahren und meinen Bauch in die Sonne legen.«

»Keine Chance«, erwiderte ich. »Ich muss den ganzen Vormittag telefonieren und vermutlich auch den Nachmittag.«

Willi schnitt eine Grimasse: »Heißt das, dass der Fall noch nicht erledigt ist?«

»Genau das heißt es. Du darfst noch ein paar Tage dranhängen.«

»Du weißt, dass ich eigentlich …«

»… studieren muss, jaja. Aber im Sommer gibt's auch noch schöne Tage. Und dann ist der KÜ auch nicht so überlaufen wie jetzt. In den ersten warmen Tagen ist nicht mal genug Platz, damit alle ihre Decken ausrollen können.«

»Wenn ich neben einer schönen Frau liege, die sich ganzheitlich bräunt, macht mir das nichts aus«, widersprach Willi.

»Pass auf«, sagte ich und streichelte ihm die Schulter, »wenn du bis zum Wochenende durchhältst, zahle ich dir 200 Mark Prämie. Länger dauert die Geschichte bestimmt nicht.«

»Und nächste Woche regnet es«, maulte er, stiefelte aber brav in den Laden und sprach eine Weile halblaut mit den Münzen, die ihm geduldig zuhörten.

Ich steckte einen Zigarillo an und wandte mich wieder der Telefonliste zu.

Beim ersten Durchgang bekam ich neunzehn Mal jemanden an den Apparat, siebzehn Ehefrauen von Werner Meyer und zwei pensionierte Werner Meyers, die jedoch ausschlossen, jemals in Münster gewesen zu sein. Von den Frauen wussten fünfzehn mit Sicherheit, dass ihre Männer nicht in Münster gearbeitet hatten, zwei kannten den Lebenslauf ihres Gatten nicht so genau. Die restlichen fünfzehn Anschlüsse dezimierte ich im Laufe des Tages auf acht. Und beim Sechstletzten hatte ich um vier Uhr nachmittags Erfolg, vorausgesetzt, man sieht allein das Ergebnis und nicht die verschwendeten Telefonkosten.

Ja, ihr Werner habe in Münster gearbeitet, sagte Frau Meyer. Bei einer Baufirma. Und 68, 69, das könnte wohl hinkommen. Das sei aber schön, dass ein alter Freund von damals ihn wiedersehen wolle. Auf der Arbeit sei er leider sehr schwer zu erreichen, aber wenn ich es so gegen sechs noch mal versuchen würde …

Zur Feier des Tages holte ich für Willi und mich zwei Eisbecher von der besten Eisdiele am Platze, wo die Leute mit den Füßen raushängen, sobald sich die Luft über 12 Grad Celsius erwärmt.

Werner Meyer war nicht gerade begeistert, einen alten Freund am Telefon zu haben, von dem er noch nie etwas gehört hatte.

»Ich kenne Sie nicht«, bellte er mich an. »Was wollen Sie?«

»Seien Sie doch nicht so unfreundlich«, redete ich ihm zu. »Ich will nur ein paar Auskünfte. Wann kann ich Sie morgen treffen?«

»Hören Sie«, knurrte er nach einer Schrecksekunde, »es gibt nichts, was wir miteinander zu besprechen haben. Also lassen Sie mich gefälligst in Ruhe!«

»Es geht um Ihre Zeit in Münster«, redete ich unbeirrt freundlich weiter. »Sie waren damals mit Wilma Pobradt befreundet. Erinnern Sie sich?«

Er atmete schwer. Nach dem, was ich seiner Frau erzählt hatte, musste er mit diesem Thema gerechnet haben.

»Ja und?«, fragte er, als wir beide eine Zeit lang geschwiegen hatten.

»Der Mann von Wilma Pobradt kam auf unglückliche Weise ums Leben. Die Polizei erkannte auf Selbstmord, aber seine Familie war davon überzeugt, dass er ermordet wurde.«

»Und was habe ich damit zu tun?«

»Mein Klient hat mich beauftragt, der Sache nachzugehen. Er ist ebenfalls davon überzeugt, dass es sich um Mord handelt.«

Meyer fiel in seine alte Rolle zurück: »Jetzt reicht es mir aber. Können Sie die Toten nicht ruhen lassen? Die Polizei hat damals alles Notwendige getan. Für mich ist die Sache erledigt.«

»Hat die Polizei tatsächlich alles Notwendige getan?«

Er blieb am Apparat. Ein Zeichen, dass er wissen wollte, was ich wusste.

»Wie meinen Sie das?«

»Meines Wissens sind Sie nie als Zeuge vernommen worden.«

»Warum sollte ich? Ich habe Frau Pobradt erst näher kennengelernt, als alles vorüber war.«

»Sie kannten sie aber schon vor dem Tod ihres Mannes.«

»Flüchtig. Wir sind uns ein-, zweimal auf Festen begegnet.«

Ich hatte ihn vermeiden wollen, den berühmten Schuss ins Blaue. »Als der Krankenwagen eintraf, um den dreivierteltoten Karl Pobradt abzuholen, standen zwei Männer vor dem Sterbezimmer. Ich habe einen Zeugen, der behauptet, Sie waren einer der beiden Männer.«

Die Leitung knackte, als ob sich drei Verfassungsschützer zugeschaltet hätten. Ich starrte an die Decke und zählte die Sekunden. Endlich war er soweit. Und ich wusste gleich, dass ich getroffen hatte.

»Das kann nicht sein. Wer behauptet so etwas?«

»Ich möchte meinen Informanten nicht gefährden. Aber seien Sie versichert, dass das ein Detail ist, das die Polizei noch heute interessiert.«

»Waren Sie bei der Polizei?«

»Noch nicht. Und wenn Sie bereit sind, mich morgen zu treffen, könnte ich es mir noch einmal überlegen.«

Diesmal brauchte er nur die halbe Bedenkzeit. Wir verabredeten uns um fünf Uhr in einem Lokal in der Kantstraße.

Willi dachte wahrscheinlich, dass ich mein schlechtes Gewissen beruhigen wollte, als ich zum Ladenschluss mit einer Flasche Sekt aufkreuzte. Mir war das wurscht.

XI

Der antifaschistische Schutzwall war auch nicht mehr das, was er früher einmal war. Ich hatte eine Anhalterin mitgenommen, die unentwegt von Mauerfeten schwärmte. Sie ging auf Krücken, weil sie sich bei einem Sprung von der Mauer einen Kreuzbandriss zugezogen hatte. Ich spendierte ihr in einer DDR-Raststätte ein komplettes Menü für sieben Mark fünfzig und setzte sie auf dem Ku'damm ab.

Das Lokal, in dem ich Werner Meyer treffen sollte, war bevölkert mit Geschäftsleuten, die sich trotz Bräunungsstudio, Lifting und bestem Willen nicht mehr zur Yuppie-Generation zählen konnten. Vorsorglich hatte ich selbst eine Krawatte und einen Anzug angelegt, sodass ich nicht weiter auffiel.

Ich erkannte Werner Meyer an seinem unruhigen Blick. Wir begrüßten uns und ich bestellte einen Campari-Orange. Vor zwanzig Jahren musste Meyer ein gut aussehender junger Mann gewesen sein. Jetzt quoll ihm der Bauch über den Gürtel und die Haut unter seinem Kinn machte erste Anstalten, sackartig herunterzuhängen. Vor allem aber hatte er eine ungesunde gräuliche Gesichtsfarbe.

»Wie geht es Ihnen?«, fragte ich deshalb.

»Ich habe schlecht geschlafen«, antwortete er. »Bis gestern habe ich geglaubt, dass die ganze Geschichte begraben und vergessen ist.«

Von dem Kerl, der mich am Telefon angebrüllt hatte, war nur noch ein mitleiderheischendes Wesen übrig geblieben. Ich sah mich gezwungen, ihn ein wenig aufzubauen: »Wenn die Wahrheit erst mal raus ist, geht's Ihnen besser, glauben Sie mir!«

Er machte einen Ton, der sich entfernt wie ein Lachen anhörte. »Wahrheit! Das ist doch alles graue Vorzeit. Die Wahrheit ist, dass ich seit fast zwanzig Jahren in Berlin lebe, einen gut bezahlten Job habe, eine Frau und zwei Kinder, die mittlerweile schon erwachsen sind. Lassen Sie die Vergangenheit da, wo sie ist!«

Ich befreite mein Campari-Glas von einer aufgesteckten Zitronenscheibe. »Es geht nicht um mich. Ich werde dafür bezahlt, dass ich herauskriege, was damals passiert ist. Was mein Klient dann mit den Informationen macht, ist seine Sache.«

Seine Hände umkrallten das halb volle Bierglas.

»Fangen wir chronologisch an«, schlug ich vor. »Sie waren mit Frau Pobradt befreundet – vor dem Tod ihres Mannes.«

»Sie war eine Wucht«, sagte er unvermittelt. Ein leichter Glanz tauchte in seinen stumpfen Augen auf. »Sie hat mir den Kopf verdreht. Ich wollte erst gar nicht, weil ihr Mann uns beobachtete. Aber sie sagte: Quatsch, stör dich nicht dran! Wenn Sie sie sehen würden, ich meine, so wie sie damals ausgesehen hat, Sie würden mir glauben, dass da kein Mann standhaft bleiben konnte. Und es war ja nicht nur das Aussehen. Sie hatte so was … Sie wusste jedenfalls genau, was sie wollte. Und sie wusste auch, wie sie es kriegte.«

»Sie hat Sie also gekriegt?«, fragte ich überflüssigerweise.

»Ja, mit Haut und Haaren. Ich war ihr verfallen, vom ersten Augenblick an. Ich wusste nicht, ob sie mit mir spielte, aber das war mir egal. Sie brauchte nur zu pfeifen und ich kam.«

»Wie lange ging das so?«

»Ungefähr ein halbes Jahr. Wir trafen uns, wenn ihr Mann unterwegs war. Oft tagsüber. Die Frau war auch im Bett ein Vulkan, entschuldigen Sie die Ausdrucksweise.«

Als Poet überzeugte er mich nicht, aber das verschwieg ich. »Ihr Mann wusste davon?«

»Er ahnte es. Manchmal hat er ihr Vorhaltungen gemacht. Sie ließ sich jedoch nicht beirren. Irgendwann merkte ich, dass mir ein Schnüffler folgte. Es war nicht sehr schwer, ihn abzuschütteln, er war gehbehindert. Danach sind wir noch vorsichtiger geworden. Wir trafen uns nur noch in Hotels oder an abgelegenen Orten.«

»Warum sollte Pobradt einen Privatdetektiv engagieren?«

»Er wollte sich scheiden lassen, das war doch klar. Und sie sollte die Schuld zugesprochen bekommen – wegen der Unterhaltszahlung. Damals gab es das noch: schuldig geschieden. Heute ...« Meyer wackelte mit dem Kopf.

Ich sagte: »Nach dem, was ich gehört habe, hat Karl Pobradt seine Frau geliebt.«

Zum ersten Mal zeigte sich ein höhnisches Grinsen auf Meyers Gesicht. »Geliebt? Dass ich nicht lache. Vielleicht am Anfang. Später nicht mehr. Geschlagen hat er sie. Sie hat mir die blauen Flecken gezeigt. Nicht ins Gesicht natürlich, er musste ja mit ihr zu irgendwelchen Empfängen gehen. Einmal hat er ihr einen Fausthieb in den Magen versetzt, den Abdruck konnte man noch nach zwei Tagen sehen.«

So einer war Karl Pobradt also. Immerhin hatte ich jetzt die Rechtfertigung für den Mord. Was ich noch brauchte, war das Geständnis.

Vorsichtig schaute ich mich um, ob an den Nebentischen jemand zuhörte. Es schien so, als ob alle noch an der Bilanz des letzten Monats zu knabbern hätten.

»Deshalb musste er sterben«, zischte ich.

»Nein.«

Ich beugte mich vor: »Wieso nein? Sie haben mir gerade klipp und klar erklärt, dass er ein Scheißkerl war. Sein Tod war das Beste, was Ihnen und Wilma Pobradt passieren konnte. Wilma erbte das gesamte Vermögen und Sie hatten Wilma für sich allein.«

»Nein«, sagte er mit gequälter Stimme. »So war es nicht. Glauben Sie mir!«

»Wie war es denn?«

»Ich weiß es nicht. Das heißt, ich bin sicher, dass es Selbstmord war.«

Das konnte ich ihm nicht durchgehen lassen. »Wollen Sie mich verarschen? Ein Mann, der einen Privatdetektiv engagiert, weil er sich scheiden lassen will, bringt sich aus Verzweiflung darüber, dass der Detektiv gehbehindert ist, um? Wenn er seine Frau hasste, wie Sie mich glauben machen wollen, hätte er *sie* umgebracht und nicht sich selbst.«

Das Wasser auf Meyers Oberlippe wurde zu einer Pfütze. »Es ist aber so. Ich habe damit nichts zu tun.«

»Sie sind vielleicht nicht auf die Idee gekommen, ihn umzubringen«, sagte ich kalt. »Vermutlich hat Ihnen Wilma den Plan dreimal unter die Nase gerieben, bevor Sie anbissen.«

»Nein, Herrgott, sie ist genauso unschuldig wie ich.«

»Ach, war es der große Unbekannte, der durchs Fenster einsteigt, das Gewehr aus dem verschlossenen Schrank holt, Pobradt erschießt und dann wieder verschwindet?«

Meyer sackte zu halber Lebensgröße zusammen.

»Und was haben Sie in der Wohnung gemacht, wenn Sie schon nicht am Mord beteiligt waren?«

»Sie hat mich angerufen«, sagte er kleinlaut.

»Wann?«

»Nachher, ich meine, als er schon … als er schon fast tot war. Sie sagte: Komm schnell, es ist etwas passiert! Karl stirbt.«

»Sie sagte: Karl stirbt? Nicht: Karl hat sich angeschossen oder so etwas Ähnliches?«

»Nein. Beschwören kann ich das allerdings nicht. Als ich ankam, war der Nachbar schon da.«

»Runze?«

»Ja, Runze hieß er, glaube ich. Runze tat das einzig Richtige: Er rief einen Krankenwagen.«

»Warum hat sie das nicht getan? Warum hat sie Sie angerufen? Aus schlechtem Gewissen?«

»Sie war in Panik. In einer solchen Situation handelt man nicht so, wie man es mit kühlem Kopf tun würde.«

»War sie nicht vielleicht bestürzt darüber, dass Karl Pobradt noch nicht ganz tot war? Wollte sie nicht möglicherweise abwarten, bis er verblutet war?«

»Nein, ganz bestimmt nicht. So ein Typ war, ist sie nicht. Sie kennen sie nicht, sonst würden Sie so etwas nicht sagen.«

»Na schön. Kehren wir zu Ihnen zurück, Herr Meyer. Als der Krankenwagen eintraf, befanden Sie sich in der Wohnung. Ist das richtig?«

»Ja.«

»Als jedoch ein paar Minuten später die Polizei aufkreuzte, waren Sie nicht mehr da. Ist das auch richtig?«

»Ja.«

»Was ist in der Zwischenzeit passiert? Sie hätten eine Zeugenaussage machen müssen. Der Polizei Informationen vorzuenthalten, ist strafbar.«

»Sie bat mich zu gehen«, sagte er mit leiser Stimme. »Sie sagte, das könne ein schlechtes Licht auf uns werfen. Mit Runze würde sie schon klarkommen.«

Es brachte mich in dem Fall nicht weiter, aber ich glaubte ihm. »Eine letzte Frage: Warum haben Sie Wilma Pobradt nicht geheiratet? Warum sind Sie nach Berlin gegangen?«

Er schaute aus dem Fenster. Auf dem Bürgersteig wurde gerade ein verkrüppelter Baum von einem kleinen Hund angepisst. »Wir waren noch eine Zeit lang zusammen. Aber es war nicht mehr so wie vorher.«

In meinen Studenten- und WG-Zeiten hatte ich einige Jahre mit Gabi die Küche und das Badezimmer geteilt. Wir verstanden uns so gut, wie man sich nur verstehen kann, wenn man sich nicht liebt. Nach dem Studium verlor ich sie aus den Augen. Und Jahre später schrieb sie einen Brief aus Berlin, in dem sie mir mitteilte, dass sie jetzt ein Kind habe und einen Typen, mit dem sie manchmal glücklich und meistens unglücklich sei. Seitdem besuche ich sie, wenn ich zufällig nach Berlin komme.

Gabi wohnte in einer renovierten Altbauwohnung im Wedding. In den fünf Zimmern konnte man sich verlaufen, wenn man wollte. Man konnte aber auch vor dem Kachelofen im Wohnzimmer sitzen bleiben und die gemütliche Wärme genießen. Was ich meistens tat, wenn ich sie besuchte.

Diesmal war es zufällig nicht Winter, als ich Gabi anrief, um das komplizierte Berliner Haustürsystem zu überwinden. Zwei Minuten später öffnete Gabi die Tür. Sie hatte dunkle Ringe unter den Augen und eine Fahne, die nach Weinbrand roch. Wir umarmten uns und sie zog mich ins Wohnzimmer.

»Willst du einen Cognac?«

Ich sagte nicht Nein.

»Du siehst alt aus«, stellte sie fest, als wir unsere Gläser geleert hatten.

»Ich habe in letzter Zeit viel mit alten Leuten zu tun. Vielleicht färbt das ab.«

»Ein Fall?«

Ich nickte. »Wie geht's dem Kind?«

»Gut. Ich habe ihn heute Abend zu einer Freundin gebracht, damit wir uns in Ruhe unterhalten können.«

»Und Tom?«

»Er ist weg.« Sie setzte ein geschäftsmäßiges Lächeln auf. »Vor zwei Wochen ausgezogen. Es ging nicht mehr so weiter.«

Ich betrachtete die braune Flüssigkeit in meinem Glas, die sie nachgefüllt hatte. Tom war schon dreimal ausgezogen und dreimal wieder eingezogen.

»Diesmal ist es endgültig«, sagte sie, als hätte sie meine Gedanken erraten. »Jeden zweiten Tag kam er stockbesoffen nach Hause, morgens um sieben oder zehn. Manchmal hat er auf den Teppich gekotzt oder neben das Klo gepinkelt und ich durfte den Dreck wegmachen. Ich habe die Schnauze voll bis hier.« Sie machte eine Handbewegung. »Dass er mich nicht geschlagen hat, ist alles.«

Ich blickte auf. »Sollen wir nicht essen gehen?«

Wir gingen in das griechische Restaurant an der Ecke, wo wir immer hingingen. Es wurde von einer Gruppe Designstudenten gemanagt, die ihre selbst entworfenen Kleidermodelle mit Lammkeule und Moussaka präsentierten. In diesem Frühling waren schwarze und graue Gewänder zu weiß geschminkten Gesichtern angesagt. Ich hatte zwar meine Krawatte in die Tasche gesteckt, fühlte mich aber immer noch falsch angezogen.

Während das Hammelfleisch auf meinem Teller rapide abnahm, zupfte Gabi gelegentlich an ihren Calamaris. Die Asche der letzten Monate, die sich in ihr angesammelt hatte, glühte noch einmal auf. Meine Aufgabe bestand darin zuzuhören und ab und zu »Hmm« zu sagen.

Nach etwa einer Stunde war der gröbste Schutt beseitigt. Gabis Gesichtszüge entspannten sich, und sie kramte ein schiefes Lächeln heraus.

»Ich langweile dich.«

»Nein, überhaupt nicht. Die Geschichten kenne ich, das stimmt. Es sind die gleichen wie letztes Jahr und die hatten verdammte Ähnlichkeit mit denen vor zwei Jahren. Dafür gibst du mir das Gefühl, ein großer, verständnisvoller Bruder zu sein.«

»Dabei hast du doch schon eine Schwester.«

»Eben. Aber ist es beruhigend zu wissen, dass ich nicht der Einzige bin, dem das Leben die Sonnenseite vorenthält.«

»Kein Glück bei den Frauen?«

»Das ist noch zu viel gesagt. Sie halten mich vermutlich für ein geschlechtsloses Wesen.«

»Nun übertreibst du aber.«

»Na ja, es ist auch der Fall, an dem ich arbeite. Er nervt mich.«

»Ich dachte, du spielst gerne Detektiv.«

»Mal abgesehen davon, dass ich diesmal bedroht und zusammengeschlagen wurde, geht es hier um Mord, genauer gesagt um einen möglichen Mord, der vor zwanzig Jahren verübt wurde. Das ist etwas anderes als die entlaufenen Kinder und Ehefrauen und die kleinen Versicherungsbetrüger, denen ich sonst nachjage. Was ist, wenn ich den Täter finde? Soll ich ihn der Polizei übergeben? Es liegt mir einfach nicht, Schicksal zu spielen.«

»Lass ihn doch laufen, wenn er dir sympathisch ist.«

Wir tranken noch zwei Mokka und machten uns dann auf den Heimweg. Es war eine laue Nacht, und die Kids randalierten leiser als sonst. Ich rollte mich auf der Couch zusammen und dachte an Mörder, Richter und ihre Henker.

XII

Es fing an zu regnen, als ich die Stadtgrenze von Münster erreichte. Das ist nicht immer so, sondern nur in neun von zehn Fällen, in denen ich mich weiter als dreißig Kilometer vom münsterschen Stadtkern entferne.

Meine Wohnung roch nach abgestandener Luft. Ich riss die Gartentür auf, um ein bisschen Regenduft ins Zimmer zu lassen. Dann setzte ich mich in den Korbsessel, der auf der überdachten Terrasse stand, trank eine Flasche Bier und sah den Blumen zu, wie sie den Regentropfen auszuweichen versuchten.

Zehn unfruchtbare Gedanken später klingelte das Telefon. Es war Katharina: »Du musst vorbeikommen. Dieser Kriminalrat war da und hat mit Mutter geredet.«

»Merschmann?«

»Ja, so hieß er, glaube ich. Mutter möchte dich noch heute sehen.«

»Ich bin gerade aus Berlin zurückgekommen und ziemlich müde. Können wir das Gespräch nicht auf morgen verschieben?«

»Ich würde dir raten, heute zu kommen. Kann sein, dass sie dich morgen nur noch mit ihrem Rechtsanwalt sprechen lässt.«

Ich seufzte und sagte zu. Anschließend zwängte ich mich in den grauen Gerichtsterminanzug und legte eine blauseidene Krawatte an. Wenn, dann wollte ich in aller Form untergehen.

Der Aasee ließ sich von einem Regenschauer peitschen, als ich an ihm vorbeifuhr. Katharina öffnete die Tür. Sie gab sich sehr zurückhaltend. Vielleicht hatte sie zugehört, als Merschmann über mich redete.

Im Wohnzimmer war der Blick auf die Weihnachtsbaumgalerie vor dem Fenster von der einsetzenden Dunkelheit getrübt. Aus einem der Sessel erhob sich eine Frau, die weder zierlich noch groß war. Sandfarbenes Haar fiel auf ihre Schultern.

»Mach doch bitte das Licht an, Katharina«, sagte sie mit einer Stimme, die in Solingen hergestellt worden war. Gut möglich, dass man damit Männerherzen zersägen konnte.

Ein Kristallleuchter glühte auf, und wir standen uns auf der Bühne gegenüber. Bei Licht besehen reichte sie mir bis zur Schulter. Allerdings hatte ich nicht das Gefühl, dass sie zu mir aufblickte.

»Georg Wilsberg«, sagte ich und streckte die Hand aus.

»Wilma Pobradt.« Ihre Hand blieb an der Rocknaht.

Langsam ließ ich die Hand wieder sinken. Die Zehntelsekunden rauschten vorbei. In hundert Metern Entfernung hupte ein Auto.

»Setzen Sie sich!«, sagte sie, als ich schon nicht mehr wusste, wie ich stehen sollte. Ihre dunklen Augen krallten sich in die meinen und ich hatte alle Mühe, den Teppich nicht nach Flecken abzusuchen.

Früher war sie zweifellos schön gewesen. Keine Schaufensterpuppenschönheit, sondern eine Schönheit, die von der Energie lebte. Endlich zauberte sie ein Lächeln hervor, das bis knapp unter die Augen reichte: »Sie wollen mich also als Mörderin überführen?«

»Sind Sie eine?«

Sie ließ sich Zeit mit der Antwort. Nach einer halben Ewigkeit, in der ich drei Mal geatmet hatte, sagte sie: »Nein.«

»Warum haben Sie mich dann kommen lassen?«

Ein rot lackierter Fingernagel fegte eine Locke aus der

Stirn. »Ich wollte Sie kennenlernen. Katharina sagt, dass Sie kein schlechter Mensch sind. Ich dachte: Schau ihn dir an! Falls er es wert ist, erzählst du ihm deine Geschichte.«

»Und? Bin ich es wert?« Zu gern hätte ich an dieser Stelle der Unterhaltung einen Zigarillo angezündet. Die nackte Höflichkeit hielt mich davon ab.

»Ich weiß nicht. Vielleicht.«

»Merschmann hat Ihnen sicher nichts Gutes über mich berichtet.«

Sie warf einen schnellen Blick auf Katharina, die neben der Tür stehen geblieben war. »Katharina redet zu viel.«

Ich wedelte mit der Hand. »Ich bestreite nicht, dass Merschmann zum Teil die Wahrheit gesagt hat. Ich habe Fehler gemacht, größere als andere. Aber ich habe dafür meine Strafe kassiert.«

»Sie saßen im Gefängnis.«

»In Untersuchungshaft. Die Polizei konstruierte den Vorwurf der Fluchtgefahr, weil sie mich nicht leiden konnte.«

»Warum konnte die Polizei Sie nicht leiden?«

»Weil ich einen Hauptkommissar hinter Gitter gebracht habe, indem ich bewies, dass er einen Demonstranten fahrlässig getötet hatte.«

Ich gab ihr ein paar Sekunden, um die Geschichte zu verdauen. Dann hakte ich nach. »Ich habe eine lange Fahrt hinter mir und ich bin müde. Wenn Sie mir etwas zu erzählen haben, tun Sie es. Aber vergessen Sie die offizielle Version. Die habe ich schon von der Polizei und Ottokar Runze gehört.«

Meine Ansprache beeindruckte sie nicht. Ihr kritischer Blick tastete mein Gesicht ab. Fast herablassend kamen die Worte: »Und jetzt haben Sie Blut geleckt?«

»Wenn jemand Blut geleckt hat, dann diejenigen, die mich von der Untersuchung abhalten wollen. Meins nämlich.«

»Ach, Sie meinen Uwe. Sie dürfen ihm das nicht übelnehmen.«

»Würden Sie es nicht übelnehmen, wenn Ihnen jemand die Nase gerade rückt und Drohbriefe schickt?«

Bei dem Wort Drohbriefe guckte sie zu Katharina hinüber, die den Kopf schüttelte.

»Ich muss mich für Uwe entschuldigen«, sagte Wilma Pobradt, als ihre Hakennase wieder auf mich zeigte, »aber er hat es nicht für sich getan. Er meint, ich könnte mich nicht selber schützen.«

Mit einer Handbewegung fegte ich den Satz weg. »Geschenkt. Kommen wir zur Sache.«

»Zur Sache, ja. Was wissen Sie von Karl Pobradt?«

»Ich kenne zwei Beschreibungen, die nicht zusammenpassen. In der einen ist er ein gutmütiger alter Knabe, der von einer Frau verführt und zu unmoralischen Taten gedrängt wird. In der anderen ist er ein brutaler Ehemann, der seine Frau schlägt.«

Ihre Hände fuhren suchend über den Rock, bis sie sich ineinander verhakten. »Als ich ihn kennenlernte, lebte ich zusammen mit meinen Eltern in einer Zwei-Zimmer-Wohnung in Schöppingen. Er war für mich die Chance herauszukommen, herauszukommen aus der Zwei-Zimmer-Wohnung, aus dem Kaff, wo die Leute hinter vorgehaltener Hand über mich redeten. Ich hatte mich nämlich zu oft mit Männern getroffen, wissen Sie, und in einer Kleinstadt verliert man seinen Ruf schneller, als der Pastor hustet. Eine Dummheit, wie man so schön sagt, war im Spiel, ich musste abtreiben. Und obwohl ich dafür nach Holland gefahren bin, hatte irgendjemand, auf welchem Wege auch immer, davon Wind bekommen. Die alten Damen, die in den Friseurladen kamen, wo ich arbeitete, wollten sich von mir nicht mehr die Haare machen lassen, die Männer fingen an, mich auf offener Straße anzuquatschen. Es war nicht die Hölle, aber es war die erste Stufe des Fegefeuers.

Von Anfang an hielt ich Karl nicht für einen strahlenden Helden. Er war launisch. Er konnte heute großzügig und morgen gemein sein. Über das fromme Getue seiner Mutter und seines Bruders machte er sich lustig. Doch wenn sie dabei waren, spielte er den Erzkatholiken. So ein Schwächling war er.«

»Trotzdem heirateten Sie ihn«, warf ich ein.

»Ja, ich heiratete ihn. Ich habe es mir oft genug vorgeworfen. Aber ich gebe auch zu, dass die Ehe angenehme Seiten hatte. Ich lebte für die damaligen Verhältnisse im Wohlstand, ich lernte, mich auf dem gesellschaftlichen Parkett zu bewegen, ich traf eine Menge interessanter Menschen. Mehr als zehn Jahre war ich Karl Pobradt eine treue Ehefrau. Und das, obwohl ich wusste, dass er eine Geliebte hatte.«

Offensichtlich sah ich überrascht aus.

»Ja, das ist neu für Sie, nicht wahr? Davon hat Ihnen der saubere Bruder nichts erzählt.« Sie schüttelte leicht den Kopf. »Es störte mich nicht. In dieser Zeit ließ er mich in Ruhe.«

»Wie hieß die Geliebte?«

Sie lachte mich aus. »Bin ich der Detektiv oder sind Sie es? Finden Sie es heraus!«

»Es könnte Sie entlasten.«

»Warum sollte ich mich entlasten? Es ist Ihre Aufgabe, mich zu belasten. Also, tun Sie etwas für Ihr Geld!«

Ich ging darauf nicht ein. »Als Sie sich selber einen Geliebten zulegten, war Karl damit nicht einverstanden.«

Mit diesem Gegenangriff hatte sie nicht gerechnet. Ihre Stimme klang betont gleichmütig: »Welcher Geliebte?«

»Werner Meyer.«

»Ach so.« Ein kleines, gezwungenes Lachen. »Das war lange nach dem Tod meines Mannes.«

»Es war vor dem Tod Ihres Mannes. Sie haben ihn angerufen, als Ihr Mann starb, haben Sie das vergessen?«

»Woher wissen Sie das?« Die Gleichmütigkeit war verschwunden. Sie konnte das Zittern in ihrer Stimme nicht mehr unterdrücken.

Und endlich durfte ich auch mal lächeln. »Ich bin der Detektiv. Und manchmal tue ich was für mein Geld.«

Sie akzeptierte, dass sie einen Punkt verloren hatte. »Nicht, dass Karl seine Liebe zu mir wiederentdeckte, falls er jemals eine gehegt hatte. Es war einfach gekränkte Eitelkeit. Er mochte nicht glauben, dass es einen Mann neben ihm gab. Deshalb drohte er mir mit Scheidung.«

»Die Sie vermeiden wollten.«

»Richtig. Ich wollte nicht zurück in eine Zwei-Zimmer-Wohnung, wo der Küchenmief ins Schlafzimmer zieht, und die Kinder unter dem Wohnzimmertisch spielen.«

»Um das zu verhindern, waren Sie zu allem bereit.«

Sie schnaubte. »Junger Mann, mit dieser billigen Tour kommen Sie bei mir nicht durch. Ich habe meinen Mann nicht umgebracht, wenn Sie es genau wissen wollen. Er hat das selber erledigt. Und ich gebe Ihnen sogar einen Tipp: Seine Geliebte hatte ihn kurz vorher verlassen.«

»Die Geliebte, die bislang nur in Ihrer Erzählung existiert.«

»Ihr Problem.«

»In den Abschiedsbriefen stand nichts von einer Geliebten.«

»Die Briefe waren für die Nachwelt bestimmt. Eine Geliebte hätte seinem Image als Saubermann geschadet.«

Ich hatte noch eine Frage: »Was wissen Sie von den Geschäften, die Ihr Mann mit Kurt Hillerich machte?«

»Nichts, so gut wie nichts. Als er lebte, interessierte mich nicht, wie er sein Geld verdiente. Und er hielt es nicht für die Aufgabe einer Frau, sich in die geschäftlichen Dinge ihres Mannes einzumischen.«

»Nach dem Tod Ihres Mannes übernahmen Sie die Firma. Und die Geschäftskontakte zu Kurt Hillerich.«

»Die Geschäfte, die mir Hillerich vorschlug, entsprachen sehr bald nicht mehr den Vorstellungen, die ich von der Leitung der Firma hatte. Ist es das, was Sie hören möchten?«

»Daran, dass sich Ihr Mann von Kurt Hillerich trennen wollte, können Sie sich nicht erinnern?«

»Nein. Aber er hätte es mir vermutlich auch nicht erzählt.«

Mein Mund war ausgetrocknet und mein Kopf so leer wie die Autobahn nachts um drei. Sie lächelte mich mitleidig an.

»Keine leichte Aufgabe, die Sie haben.«

Ich zuckte mit den Augenbrauen.

»Zumal bei einem Auftraggeber, der verrückt ist.«

Das saß.

»Wenn ich Ihnen einen Rat geben darf«, fuhr sie fort, »geben Sie es auf! Es hat keinen Sinn.«

Katharina beachtete mich nicht, als ich ging. Der Regen hatte sich verstärkt, und die Scheibenwischer verschluckten sich an den Wassermassen. Beinahe hätte ich einen Radfahrer umgenietet, der ein schwarzes Regencape trug und den Strom für die Beleuchtung seines Fahrrads sparte. Es war der richtige Abend, um über meine Berufung zum Privatdetektiv nachzudenken. Genau genommen stand ich nämlich da, wo ich schon vor zehn Tagen gestanden hatte. Zwischendurch hatte ich ein paar Steine hochgehoben und jede Menge Käfer wegrennen sehen. Jeder mittelmäßige Detektiv hätte aus den Spuren der Käfer seine Schlüsse gezogen. Nur ich konnte mir keinen Reim darauf machen. Wahrscheinlich hatte ich bei der entsprechenden Unterrichtsstunde während des Detektiv-Fernkurses gefehlt.

Ich war drauf und dran, ins Büro zu fahren, einen Bericht und eine Rechnung zu tippen und beides per Eilpost an Hermann Pobradt zu schicken. Da sagte ich mir, dass ich, einer ganz alten Regel folgend, die Sache noch einmal überschlafen sollte. Und sei es auch nur, weil ich eigentlich viel zu müde war, um einen flotten Bericht zu schreiben.

XIII

Am nächsten Morgen stellte sich heraus, dass das Leben für seine Weisheiten keine Gewähr übernimmt: Ich war über Nacht keinen Deut schlauer geworden. Missmutig vertrödelte ich viel Zeit mit Frühstücken und Zeitunglesen. Als sich das Unangenehme nicht länger aufschieben ließ, hängte ich mich ans Telefon.

Er war so freundlich, wie ich ihn in Erinnerung hatte. »Dass es Sie noch gibt! Ich dachte schon, Sie wären untergetaucht.«

Wenn er gewusst hätte, wie das meinen Wünschen entsprach. »Ich war in Berlin. Dienstlich.«

»Hoffentlich haben Sie etwas herausgefunden!«

»Ja, das heißt eigentlich nein.«

»Sie sprechen in Rätseln, Herr Wilsberg. Ich glaube, ich habe ein Anrecht auf genauere Auskünfte.«

»Um es kurz zu machen: Ich möchte die Untersuchung abschließen. Ich schicke Ihnen einen detaillierten Bericht und die Rechnung.«

»Moment mal, Sie haben mir doch versprochen, nicht aufzugeben. Wie soll ich das jetzt verstehen?«

»Herr Pobradt, wir können beweisen, dass der Polizeibericht lückenhaft ist, wir können auch beweisen, dass die Polizei nicht allen Spuren nachgegangen ist. Aber wir haben nicht genug, um mit dem Finger auf jemanden zu zeigen und zu sagen: Das ist der Mörder! Wenn wir mit meinem Material zum Staatsanwalt gehen, lacht er uns aus.«

»Dann suchen Sie eben weiter.«

»Ich bin mit meinem Latein am Ende. Vielleicht haben Sie

den falschen Mann engagiert. Ein anderer hätte den Job möglicherweise besser erledigt.«

»Ach was, Sie sind genau richtig.«

So viel Gemüt hatte ich ihm gar nicht zugetraut.

»Nun ja, es gibt da eine winzige Spur, die ich noch verfolgen könnte.«

»So gefallen Sie mir schon besser.«

»Sie ist jedoch mit erheblichem Aufwand und reichlich Gefahr verbunden. Konkret gesprochen: Ich müsste ein Gesetz brechen. Das habe ich zwar letzte Woche schon getan, aber einmal pro Fall reicht eigentlich. Wir sind schließlich nicht in Amerika, wo die Detektive jenseits von Recht und Ordnung arbeiten.«

Ich machte eine Pause. Und er hatte eine Idee. »Hören Sie, ich schätze, was Sie für mich getan haben. Ich bin auch bereit, das entsprechend zu honorieren. Zweitausend Mark für den erheblichen Aufwand und noch einmal fünftausend, wenn Sie mir Beweise bringen.«

Das machten siebentausend Mark plus acht Tagessätze bis zum heutigen Morgen. Genug für einen attraktiven Urlaub.

»Okay, ich hänge noch zwei Tage dran. Wenn sich bis dahin nichts ergibt, streiche ich die Segel.«

»Dann sehen wir weiter, Herr Wilsberg.«

Er konnte so ungemein kooperativ sein.

Ich rief Willi an und fragte nach dem Geschäft und diesem und jenem. Dann eröffnete ich ihm, dass ich am Abend seine Hilfe brauchte. Er war mit allem einverstanden, als ich ihm sein Honorar nannte.

Manchmal verwöhnt das Glück sogar mich. Für den späten Nachmittag war eine Ausschusssitzung des Stadtrates angesetzt, an der Kurt Hillerich als Ausschussvorsitzender wohl oder übel teilnehmen musste.

Um ganz sicherzugehen, postierte ich mich ab vier Uhr nachmittags hinter einer Säule in der Nähe des Stadtweinhauses. Kurz vor fünf kam Hillerich. Er trug eine Aktentasche und eine gewichtige Miene.

Fünf Minuten später packte ich Willi ins Auto und fuhr mit ihm nach Amelsbüren. In groben Zügen eröffnete ich ihm meinen Plan und er war Abenteurer genug, um den erhöhten Adrenalinspiegel zu genießen.

Vor der Dorfkirche zwängten wir uns in eine Telefonzelle.

»Guten Tag, Frau Hillerich«, sagte Willi, als die Groschen fielen, »mein Name ist Schäfer, vom städtischen Presseamt. Ich muss Ihnen leider eine unangenehme Nachricht überbringen. Ihr Mann hatte während der Ausschusssitzung einen Schwächeanfall.« – »Nein, nichts Ernstes. Aber wir haben ihn vorsichtshalber mit einem Krankenwagen in die Uni-Klinik bringen lassen.« – »Ja, ich glaube, er würde sich freuen, wenn Sie vorbeikämen.« – »Nein, er ist noch auf dem Weg.« – »Auf Wiederhören, Frau Hillerich.«

»Wir sind Schweine«, grinste Willi, nachdem wir uns aus der Telefonzelle geschält hatten.

»Das ist nicht zum Lachen«, belehrte ich ihn. »Wäre das nicht mein Beruf, ich würde es schärfstens verurteilen.«

Wir kamen gerade noch rechtzeitig, um Frau Hillerich davonfahren zu sehen. Ich nahm meine Ausrüstung und machte einen großen Bogen zur Hintertür.

Das Schloss gab mit einem kurzen Schnappen seinen Geist auf. Im Gegensatz zur pobradtschen Firma kannte ich mich hier einigermaßen aus. Und ich nahm an, dass sich das, was ich suchte, in Hillerichs Arbeitszimmer befand.

Entgegen den Regeln der Spionage- und Detektivarbeit schaltete ich das Licht ein. Aber suchen Sie mal mit der Taschenlampe in der Hand in einem Berg Papier nach einem Brief!

Der Berg Papier stand links neben der Tür an der Wand. Er war in Ordnern abgeheftet und regalweise aufgeschichtet. Ich verdrehte den Kopf und las eine Menge interessanter Eintragungen. Es gab Unterlagen für das Finanzamt, Ausschuss- und Ratsprotokolle, Prüfungsberichte, offene Forderungen und Rechnungen. Das, was ich suchte, konnte in jedem der Ordner sein. Oder in keinem. Wenn ich Pech hatte, war es überhaupt nicht mehr vorhanden oder schlummerte im Safe. Aber immerhin machte ich hier einen Zweitausendmarkjob, und dafür konnte mein Auftraggeber ein bisschen Wühlarbeit verlangen.

Ich vertraute darauf, dass Hillerich sich sicher fühlte und deshalb keinen Anlass sah, den Brief zu verstecken. Deshalb ließ ich die Aktenordner, wo sie waren, und wandte mich dem Schreibtisch zu. Er hatte einen Rollschrank auf der linken Seite und eine Schublade in der Mitte. Beide waren verschlossen. Nachdem ich das Stemmeisen an der richtigen Stelle angesetzt hatte, waren sie es nicht mehr.

Die Schublade enthielt eine Menge Krimskrams, Schreibutensilien und ein Portemonnaie. Die Fächer des Rollschranks waren von oben nach unten mit Briefpapier, aktuellen Geschäftsunterlagen und privaten Briefen gefüllt. Nach Durchsicht der privaten Briefe stellte ich fest, dass Hillerichs letzte große Liebe mindestens fünfunddreißig Jahre zurücklag. Sie trug nicht den Namen seiner Frau.

Ich guckte auf die Uhr. Seit meinem Eintritt waren dreißig Minuten vergangen. Bis zum Krankenhaus und zurück würde Frau Hillerich ungefähr eine Stunde brauchen. Kein Grund, nervös zu werden. Aber auch keine Veranlassung, die Sache ruhig angehen zu lassen.

Ich kehrte zu den Aktenordnern zurück und ging systematisch vor, von oben nach unten. Umgekehrt wäre ich schon beim dritten Ordner auf die Aufschrift *Privat* gestoßen. Der Brief von Karl Pobradt an Hillerich, der dritte angeblich vernichtete Abschiedsbrief war das Erste, was Hillerich in diesem Ordner abgeheftet hatte. Ich nahm den Brief heraus und steckte ihn in die Tasche.

Inzwischen war es draußen dunkel geworden und ich verzichtete auf den Umweg durch die Hintertür. Als sich die Haustür hinter mir schloss, hörte ich ein Knirschen, das gewöhnlich entsteht, wenn sich Schuhsohlen an Kies reiben. Einen Wimpernschlag später stand Kurt Hillerich vor mir. Ein paar Sekunden, die mir genauso lang vorkamen wie das letzte Heimspiel von Preußen Münster, starrten wir uns an. Dann ging ich wortlos an ihm vorbei. Das Gartentor lag bereits hinter mir, als er etwas brüllte. Ich blieb nicht stehen.

Hundert Meter weiter stand mein Auto am Straßenrand.

»Du Idiot!«, schnauzte ich Willi an, der hinter dem Steuer saß. »Hab ich dir nicht gesagt, du sollst hupen, wenn etwas dazwischenkommt?«

»Ich habe es versucht«, gab er weinerlich zurück, »aber die Hupe ist kaputt.«

»Fahr los!«, sagte ich mit heiserer Stimme.

Auf der Rückfahrt verloren wir kein Wort. Ich überlegte, ob es einen Sinn hatte, ins Ausland zu fliehen. Aber mein derzeitiger Kontostand reichte gerade für drei Wochen Adria.

XIV

Sie kamen um fünf Uhr morgens. Sie klingelten oder klopften nicht, sie traten einfach die Tür ein. Das machen sie nicht bei jedem, der des Einbruchs verdächtigt wird. Leider war ich nicht jedermann.

Ich erwachte von dem Krach, den die Tür machte, als sie der Länge nach auf den Boden fiel. Bevor ich mir den Schlaf aus den Augen reiben konnte, hatte ich eine Maschinenpistolenmündung vor der Nase und eine unangenehme Stimme brüllte: »Hände hoch!« Das sagen sie immer, wenn ihnen nichts anderes einfällt.

Ich hob die Arme und blinzelte zu der Stimme hoch. Über dem grünen Kampfanzug trug sie eine schwarze Schussweste. Der Kopf sah aus wie ein kugelsicherer Helm.

»Warum der Aufwand, Herr Wachtmeister?«, erkundigte ich mich. »Meine Kalaschnikoff befindet sich sowieso im Keller.«

Ihm war nicht nach diskutieren zumute. Das konnte ich verstehen. Schließlich hatte ich auch noch nicht gefrühstückt. Er brachte das auf die Kurzformel: »Aufstehen!«

Während ich die Bettdecke abstreifte, füllte sich das Zimmer mit grünen Gestalten. Im Hintergrund entdeckte ich zwei graue Herren. Vermutlich die zivile Einsatzleitung.

»An die Wand!«, kommandierte mein persönlicher Betreuer.

Nackt, wie ich war, lehnte ich mich mit den Händen gegen die Wand. Dass er mich nicht abtastete, war sein erster Verstoß gegen das Lehrbuch. Ich hätte ja einen Zeitzünder im Arsch versteckt haben können.

»Das reicht«, sagte eine fettige Stimme. »Wir wollen hier keine Nacktshow veranstalten. Ziehen Sie sich an, Wilsberg!«

Ich drängte mich durch den Menschenauflauf in meinem Schlafzimmer und legte Jeans und ein Sweatshirt an. Als ich damit fertig war, hielt mir der ältere der beiden Grauröcke zwei Zettel vor die Nase. »Der Haftbefehl und der Hausdurchsuchungsbeschluss.«

»Zeigen Sie mir auch noch Ihren Ausweis!«

»Wozu? Glauben Sie, wir sind von der Heilsarmee?«

»Vielleicht bin ich gezwungen, Ihren Namen meinem Rechtsanwalt mitzuteilen.«

Er seufzte und zückte seinen Ausweis. Es handelte sich um Kommissar Pfeiffer.

»Zufrieden?«

»Vielen Dank, Herr Pfeiffer. Können Sie mir jetzt sagen, warum Sie hier eingedrungen sind? Eine Vorladung hätte auch gereicht.«

Er zuckte mit den Schultern. »Was weiß ich? Mir wurde gesagt, es bestünde Verdunkelungsgefahr. Wenn man Nachtdienst hat, fragt man nicht lange.«

»Aha. Wissen Sie denn, wonach Sie suchen sollen?«

Seine grauen Augen verengten sich etwas. »Schluss jetzt mit der Fragerei! Auf dem Präsidium haben Sie noch genügend Gelegenheit dazu. Hülsmann!«

Ein Jüngelchen mit keckem Schnurrbart drängte sich nach vorn.

»Nehmen Sie ihn mit!«

Hülsmann rupfte ein Paar Handschellen aus dem Gürtel und machte Anstalten, sie mir anzulegen.

»Moment«, sagte ich, »ich muss meine Medikamente mitnehmen. Ich habe Neuro...«

»Quatsch«, sagte Pfeiffer. »Erzählen Sie das dem Doktor!«

»Warten Sie mal! Ich bin krank. Ich ...«

Hülsmann riss an meinen Händen und zwängte sie in die Handschellen. Dann zerrte er mich mithilfe von zwei Uniformierten auf die Beine.

»Verflucht noch mal, Pfeiffer. Das gibt eine Dienstaufsichtsbeschwerde. Wenn nicht sogar eine Anzeige wegen Körperverletzung.«

»Und wenn schon!«, brummte Pfeiffer. »Mein Chef mag mich.«

Sie stießen mich in den Flur und über die herausgebrochene Wohnungstür.

»Und wer ersetzt mir den Schaden?«, maulte ich. »Was ist überhaupt, wenn die Wohnung in meiner Abwesenheit geplündert wird?«

»Wir lassen die Tür reparieren. Auf Ihre Kosten.« Das war das Erste, was Hülsmann von sich gab. Es war nicht dazu angetan, mit ihm eine längere Unterhaltung anzufangen.

Ich saß nicht das erste Mal in einem vergitterten Polizeibus. Aber dieses Mal fühlte ich mich nur halb so beschissen wie letztes Mal. Damals hatte ich meine bürgerliche Existenz verloren. Diesmal drohten mir nur ein paar Stunden oder höchstens einige Tage in einer hässlichen grauen Zelle. Ich schloss die Augen und entspannte mich. Beinahe wäre ich auf dem harten Polster eingeschlafen.

Ein plötzlicher Ruck riss mich aus dem Dämmerzustand. Unmittelbar darauf quietschten die Seitentüren und zwei kräftige Hände packten mich an den Oberarmen. Im Sandwichsystem gingen wir über den Innenhof in die Eingangshalle des Polizeipräsidiums.

»Führen Sie mich bitte zu einem Telefon! Ich möchte meinen Anwalt anrufen«, sagte ich zu Hülsmann.

Hülsmann guckte geradeaus.

»Haben Sie nicht gehört? Ich will meinen Anwalt anrufen.«

»Später.« Sein fusseliger Schnurrbart bebte.

»Warum behandelt ihr mich eigentlich so, als hätte ich den Polizeipräsidenten ermordet?«, fuhr ich ihn an.

Als Antwort bekam ich einen Stoß in den Rücken, sodass ich fast über einen der innenarchitektonisch reizvollen Blumenkübel gestolpert wäre.

Sie schleppten mich nach unten in eine Zelle, die genauso trostlos aussah wie alles, was vier Wände und den Zweck hat, einen Menschen lebendig einzusargen. Ich legte mich auf die Pritsche und versuchte zu schlafen. Es ging nicht mehr. Fensterlose Räume machen mich krank.

Nach dreißig Minuten, in denen ich die trübsinnige Atmosphäre auf mich wirken ließ, stützte ich mich auf und betrachtete mein neues Zuhause. Es enthielt einen Metallschrank, ein Waschbecken, eine Kloschüssel und ein in die Wand einzementiertes Blechregal, das bis auf eine dünne Staubschicht leer war. Ganz allmählich fing meine Haut an zu kribbeln. Ich hatte sie seit dem letzten Abend nicht mehr eingeschmiert, und das mochte sie gar nicht. Bald würde sie trocken und rissig werden und teuflisch jucken. Der Gedanke, dass meine Fettcreme drei Kilometer entfernt auf einer Kommode lag, verstärkte den Prozess noch. Außerdem reagiere ich auf unfreundliche Polizisten und kahle Gefängniswände so allergisch wie auf eine Herde Wildpferde.

Ich bemühte mich, an etwas anderes zu denken. An Katharina zum Beispiel oder an Anna, die hübsche Schwarzhaarige auf Katharinas Fete. Doch meine Fantasie bewegte sich so schwerfällig wie eine Biene nach dem ersten Nachtfrost. Gefängnismauern sind nicht nur licht-, sondern auch gedankenundurchlässig.

Ich stand auf und pochte an die Tür: »Hallo! Ich will meinen Anwalt sprechen!«

Das wiederholte ich drei Mal. Erfolglos.

Als Erster kam Klaus Stürzenbecher vorbei. Er schloss die

Tür vorsichtig hinter sich und flüsterte: »Was bist du für ein Idiot?«

Ich winkte ab. »Das weiß ich selbst. Sorg lieber dafür, dass ich hier wieder rauskomme!«

»Sei vorsichtig! Merschmann ist auf hundertachtzig. Er ist noch gestern Nacht ins Präsidium gekommen, um den Einsatz anzuordnen.«

»Das habe ich mir fast gedacht.«

»Georg, er will deinen Kopf.«

»Er kann aus einem läppischen Einbruch keinen Banküberfall mit Geiselnahme machen. Tu mir einen Gefallen und ruf Rechtsanwalt Kurz an!«

Stürzenbecher schüttelte den Kopf.

»Es ist wichtig. Sie haben mir nicht erlaubt, meine Medikamente mitzunehmen. In ein paar Stunden gehe ich hier die Wände rauf.«

»Tut mir leid, Georg. Ich kann für dich nicht meinen Arsch riskieren. Ich habe Familie.« Auf seinem Gesicht lag ein Hauch von schlechtem Gewissen. Deshalb verzichtete ich darauf, ihn weiter unter Druck zu setzen. Es war sowieso zwecklos.

Danach passierte lange Zeit gar nichts, außer dass der Juckreiz stündlich zunahm. Dagegen anzukämpfen war sinnlos.

Die beiden Polizisten, die mich gegen Mittag aus der Zelle holten, nahmen von meinem Zustand keine Notiz. Sie brachten mich in den sechsten Stock, die Chefetage. Vor Merschmanns Büro warteten wir fünf Minuten. Dann ließ Merschmann mich herein, während die Uniformierten draußen warten mussten.

Ich setzte mich, ohne auf ein entsprechendes Angebot zu warten. Merschmann beachtete mich sowieso nicht. Er war damit beschäftigt, seine Pfeife in Brand zu stecken.

»Warum halten Sie mich fest?«, fragte ich, als es mir zu bunt wurde.

»Sie wurden gesehen, als Sie ein Haus verließen, in das Sie offensichtlich eingedrungen waren.«

»Und? Ist etwas gestohlen worden?«

Er machte sich nicht die Mühe, die Pfeife aus dem Mund zu nehmen. »Der Hausherr prüft das noch.«

»Er wird nichts vermissen.«

»Hausfriedensbruch ist auch strafbar.«

»Sie machen sich lächerlich, wenn Sie mich wegen eines simplen Hausfriedensbruchs in U-Haft stecken.«

Seine Augenbrauen fuhren in die Höhe. Intelligenter sah er dadurch nicht aus. »Wollen Sie das nicht meine Sorge sein lassen, Herr Wilsberg?«

Es hielt mich nicht länger auf dem schäbigen Stuhl. »Nein, es ist meine Sorge. Ich habe keine Lust, noch eine Minute in Ihrem Meerschweinchenkäfig zu verbringen. Ihre Leute haben mich daran gehindert, meine Medikamente mitzunehmen und meinen Anwalt anzurufen. Das gibt eine saftige Dienstaufsichtsbeschwerde. Machen Sie sich Gedanken über Ihren vorzeitigen Ruhestand, Herr Merschmann.«

Langsam wuchtete er seinen Oberkörper aus dem Chefsessel. Achtzig Zentimeter Schreibtisch standen zwischen uns. Er beseitigte das Hindernis, indem er die Stirnseite umkurvte, einen Arm locker herabhängend, den anderen auf die Schreibtischplatte gestützt. Die Pfeife lag dampfend in einer hölzernen Ablage. Ich begann zu ahnen, dass er mir einen tätlichen Angriff auf einen Polizeibeamten anhängen wollte.

»Sie drohen mir«, knurrte er nahe genug, dass ich seine schlechte Verdauung riechen konnte.

Ich machte einen Schritt rückwärts und behielt dabei den Gummiknüppel im Auge, den er in der locker herabhängenden Hand hielt.

»Sie haben mich angegriffen«, stellte er sachlich fest.

Ich ging weiter rückwärts. Das Büro war nicht gerade klein, aber bei Weitem nicht groß genug, um das Spiel endlos fortsetzen zu können. Als ich die Wand im Rücken spürte, machte ich einen vergeblichen Sidestep. Der Gummiknüppel traf mich in der Nähe der Halsschlagader. Der Schmerz nahm mir den Atem und die Konzentration. Die nächsten Schläge, die auf meinen Rücken prasselten, waren daher nur noch Formsache.

Aus der Tiefe eines besternten schwarzen Lochs hörte ich eine japsende Stimme: »Ich habe Sie gewarnt, Wilsberg. Und das war nur ein Vorgeschmack. Wenn Sie nicht die Finger von der Pobradt-Geschichte lassen, kann ich noch ganz anders.«

Ich hatte die Fusseln eines billigen Teppichs im Mund und konnte deshalb nicht widersprechen. Tapsende Schritte ließen den Boden beben und meinen Kopf dröhnen. Eine Tür wurde aufgerissen. »Schaffen Sie ihn weg«, hörte ich Merschmanns Stimme.

Sekunden später packten mich die hinlänglich bekannten vier Hände und zerrten mich in die Senkrechte. Wir waren schon an der Tür, als er sich noch einmal meldete: »Übrigens, das mit dem Anwalt muss ein Missverständnis sein. Natürlich dürfen Sie ihn anrufen.«

»Haben Sie gehört, was er gesagt hat?«, krächzte ich, als ich mit meinen Begleitern im Erdgeschoss ankam.

Sie wussten nicht, ob sie einen Fehler machten, wenn sie mich telefonieren ließen, oder ob es vielleicht schlimmer für sie war, wenn sie mich nicht telefonieren ließen. Ich nutzte ihre Unsicherheit und insistierte so energisch, wie es meine Gebrechlichkeit erlaubte.

Schließlich hatte ich sie so weit, dass sie mich in ein nahegelegenes Büro schleppten und auf einen Stuhl verfrachteten, der in Griffweite eines Telefons stand. Ich wählte die Nummer von Kurz' Büro.

Der Anrufbeantworter teilte mir die üblichen Sprechstundenzeiten mit und empfahl mir, nach dem Pfeifton etwas auf Band zu sprechen. Ich hatte übersehen, dass es Freitag und drei Uhr nachmittags war, lächelte meine unruhiger werdenden Bewacher an und wählte Kurz' Privatnummer.

Er war zu Hause, hörte sich eine Auswahl meiner Schicksalsschläge an, besaß aber anschließend genügend Gefühlskälte, um mir mitzuteilen, dass er gerade im Begriff sei, über das Wochenende zu verreisen. Ich sagte ihm, dass er mich nicht hängenlassen könne.

»Ich kann jetzt sowieso nichts mehr für dich tun. Bis Montagmorgen kriege ich keinen Untersuchungsrichter an die Strippe.«

Da musste ich ihm leider recht geben. »An einem kommst du aber nicht vorbei. Ohne Medikamente bin ich bis Montagmorgen gestorben.«

Er jammerte etwas von einem lange vereinbarten Segeltörn in Holland. Darauf versetzte ich, dass ich kein Wort mehr mit ihm wechseln würde, wenn er sich nicht sofort auf den Weg machte, beschrieb ihm dann, wo er den Hausschlüssel und die Medikamente finden würde, und legte auf.

»Was haben Sie denn für eine Krankheit?«, fragten die beiden Polizisten gleichzeitig.

»Aids«, sagte ich. »Sehen Sie nicht, dass auf meinem Gesicht die Haut abblättert?«

Sie guckten mich genau an und traten erschrocken einen Schritt zurück. Verstohlen schielten beide auf ihre Hände. Gab es da vielleicht eine bislang unbeachtete Risswunde?

Den Weg in meine Zelle durfte ich ohne Körperkontakt zurücklegen.

Die nächste halbe Stunde freute ich mich auf Kurz' dummes Gesicht; als sich dann aber die Zellentür öffnete, war es nur der Schließer.

»Sie können gehen«, sagte er.

»Wie bitte?«

»Sie sind entlassen.« Er zeigte deutlich, dass er mir mehr Intelligenz zugetraut hatte.

Schlendernd trödelte ich über die Nordstraße nach Hause. Die Luft roch so frisch wie kurz vor der Industrialisierung.

Kaum hatte ich meine Fettsalben ausgepackt, da klingelte das Telefon. Hillerich wollte mich sofort sehen. Ich vertröstete ihn auf später. Zuerst wollte ich Mensch werden.

XV

Zwischen Kanalstraße und Tibusparkhaus gibt es einen roten Ascheweg, der die einbetonierte Aa ein Stück begleitet und am Kloster der Schwestern der Göttlichen Vorsehung vorbeiführt. Hier findet man wochentags trotz der innenstädtischen Lage nur spazierende Rentner und Mütter mit Kinderwagen. An diesem Freitag fand sich überhaupt niemand, der die müde plätschernde Aa beobachten wollte. Denn Hillerich und ich hatten keine Augen für Münsters Rinnsal.

Hillerich sah schlecht aus. Ich vermutlich auch, deshalb sparte ich mir eine entsprechende Bemerkung.

Wir begrüßten uns mit einem Kopfnicken, dem er ein gönnerhaftes Lächeln folgen ließ. »Wissen Sie, wem Sie es zu verdanken haben, dass Sie so schnell wieder freigekommen sind?«

»Ich habe es auch Ihnen zu verdanken, dass ich überhaupt ins Gefängnis gekommen bin«, sagte ich. »Außerdem hasse ich es, um fünf Uhr morgens geweckt zu werden. Nachdem Sie die Anzeige zurückgezogen haben, sind wir quitt, würde ich sagen.«

Er wiegte den ergrauten Schädel. »Nicht ganz. Sie haben etwas, was mir gehört.«

»Das ist mehr wert als eine läppische Anzeige wegen Hausfriedensbruch.«

»Der Brief nützt Ihnen gar nichts.«

Ich zeigte ihm ein sardonisches Grinsen. »Nicht alle Zeitungen sind Ihnen so hörig wie die münsterschen Tageszeitungen. Was halten Sie denn von einem kleinen Artikel im *Spiegel* oder *stern*?«

Wenig, wie ich dem unwillkürlichen Zucken in seinem Gesicht entnahm.

»Sie sind ein Schwein, Wilsberg«, flüsterte er mit heiserer Stimme. »Aber jedes Schwein hat seinen Preis. Nennen Sie Ihren!«

»Die Wahrheit«, sagte ich ungerührt.

»Was?«

»Wenn Sie mir sagen, wie Karl Pobradt ums Leben gekommen ist, kriegen Sie den Brief zurück.«

»Kein Geld?«

Ich schüttelte den Kopf.

»Ich habe Sie anders eingeschätzt. Aber was soll's? Haben Sie den Brief dabei?«

Ich verneinte erneut, mit Hinweis darauf, dass ich die Hausdurchsuchung vorausgesehen hatte. Wir verabredeten, dass ich ihn später am Tag besuchen würde – mit dem Brief.

Um neun Uhr abends stand ich vor dem Haus der Hillerichs. Obwohl im Innern Licht brannte, löste mein Klingeln und Klopfen keine Reaktion aus. Routinemäßig drückte ich auf die Klinke der Haustür. Sie war unverschlossen.

Natürlich hätte ich nicht hineingehen sollen. Es roch nach einer Falle, zumindest für jemanden, der bis vor fünf Stunden im Polizeipräsidium gesessen hatte. Wenn ich ein richtiger Detektiv gewesen wäre, hätte ich immerhin meine Pistole ziehen können, als ich den Hausflur betrat. Genutzt hätte mir das auch nichts.

Vergeblich suchten meine überreizten Sinne nach einer Betätigung. Das Haus war still, absolut still. Automatisch wählte ich den mir bekannten Weg und öffnete Hillerichs Arbeitszimmer. Er saß hinter seinem Schreibtisch, den Oberkörper nach vorne gebeugt. Der Kopf lag seitlich auf der Schreibtischunterlage. Mit glasigem Blick guckte er mich an. Ich sparte mir die Begrüßung, als ich das Loch an seiner linken Schläfe bemerkte. Es war rund und schwarz und tödlich. Ein schmaler Blutfaden klebte darunter.

Die Pistole zu sehen und das Problem zu erkennen, dauerte einen Augenblick. Sie lag nämlich vor meinen Füßen. Kein Selbstmörder wirft die Pistole, mit der er sich erschossen hat, in hohem Bogen weg.

Bevor ich länger darüber nachdenken konnte, machte sich ein anderes Problem bemerkbar. Draußen hielten zwei Autos mit quietschenden Reifen. Aufschneider fahren jedoch meistens allein und nicht in Rudeln. Nur Bullen radieren im Konvoi ihre Reifen ab. Jetzt war Entschlussfreudigkeit und Schnelligkeit gefragt. Ich entschloss mich und handelte wie ein gehetztes Kaninchen. Den Flur entlang zur Hintertür, durch die ich gestern Abend eingestiegen war. Hier hielt ich mich nicht lange mit dem Schloss auf. Ein kräftiger Tritt und die Tür knallte krachend gegen die Mauer. Dann rannte ich, was meine malträtierten Knochen hergaben. Eine heisere Kommandostimme brüllte in nicht allzu weiter Entfernung Befehle. Wahrscheinlich machte ich gerade den dritten oder vierten Fehler innerhalb von vierundzwanzig Stunden. Zu viele für einen Privatdetektiv, der auf die vierzig zugeht, über fünf Jahre Berufserfahrung und eine juristische Ausbildung verfügt und einen gewissen Lebensstandard zu verteidigen hat. Allein der Gedanke an das finstere Loch im Polizeipräsidium und einen Merschmann, der mir erneut die Fresse polieren würde, hielt mich davon ab, zurückzukehren und mich meinen Verfolgern zu stellen.

Sie hatten mittlerweile das Haus umstellt und forderten mich über Megafon auf, mit erhobenen Armen herauszukommen. Am Tonfall glaubte ich, Kommissar Pfeiffer zu erkennen. Ich stolperte über einen Acker und trat etliche Nutzpflanzen platt, als sie mich zum letzten Mal warnten. Während der Erstürmung der hillerichschen Räume verschrammte ich mir die Finger an einem Brombeerstrauch.

Meinen Wagen konnte ich vergessen. Der stand aufreizend unvorsichtig vor der hillerichschen Villa. Also schlug ich mich bis zum Ortskern von Hiltrup durch. Am Taxenstand herrschte um diese Zeit Flaute. Ich erwischte einen gesprächigen Fahrer, der von den Schwierigkeiten seiner Karriereplanung berichtete. Trotz Banklehre und beinahe abgeschlossenem Betriebswirtschaftsstudium hatte sich noch kein Konzern gefunden, der ihm eine Zusage für eine leitende Position geben wollte. Ich versicherte ihm, dass ich die mangelnde Flexibilität der deutschen Wirtschaft schon immer scharf verurteilt hätte. Zum Dank gab er mir ein paar Tipps, welche Aktien in nächster Zeit kräftig anziehen würden.

Als ich an der Hammer Straße ausstieg, hatte ich die Namen schon vergessen. Sollte sich mein Konto irgendwann aus der ungesunden Soll-Zone entfernen, würde ich auf das Problem zurückkommen. Von hier, ich meine die Hammer Straße, bis zum Dahlweg waren es nur ein paar Schritte. Thomas wohnte gegenüber einem Grünfleck, der sich etwas hochtrabend Südpark nennt. Er war nicht zu Hause, aber die beiden Kinder ließen mich in die Wohnung. Der Junge meinte, dass sein Vater eine Verabredung mit der rothaarigen Lehrerin hätte, während das Mädchen auf die blonde Ärztin tippte. Darüber gerieten sie in Streit und beschimpften sich mit den unflätigsten Ausdrücken.

Ich zog es vor, mich nicht in ihre Erziehung einzumischen, und ging ins Wohnzimmer, wo ein Pirat zum soundsovielten Mal die Tochter des Gouverneurs entführte. Später kamen auch die Kinder und wir machten uns einen gemütlichen Fernsehabend. Während der *Tagesthemen* hielt mir der Junge einen Vortrag über die Geschichte der deutschen Nation. Er griff bis auf Karl den Großen zurück.

Nach elf gingen die Kinder ins Bett und ich inspizierte den Kühlschrank. Es fanden sich einige Lebensmittel einschließlich einer Dose Bier. Damit überbrückte ich einen quälerischen Liebesalbtraum von Ingmar Bergmann.

Thomas kam um Viertel nach eins. Er war nicht erstaunt, mich in seinem Wohnzimmer zu finden. Ich erzählte ihm, dass ich mich für eine Weile aus dem öffentlichen Leben zurückziehen müsse. Im Gegenzug berichtete er von einer grünäugigen Perserin, die trotz ihres schlanken Körpers hervorragend bauchtanzen könne. Mit der hatte er nämlich, seine Kinder in Unwissenheit lassend, den Abend verbracht. Und schließlich wollte er wissen, mit wem er mich neulich im *Café Argentina* gesehen habe.

»Viel zu jung für dich, die ist gerade erst fünfundzwanzig.«

»Da haben sie noch dieses Unschuldige«, meinte Thomas.

»Ich glaube, sie steht nicht auf alternde Lustmolche«, gab ich kühl zurück.

Er verschränkte die Arme und grinste unverschämt. »Ich habe genau gesehen, wie du sie angeguckt hast. Du bist scharf auf sie, stimmt's?«

Ich nahm mir viel Zeit, einen Zigarillo anzuzünden. »Immerhin bin ich fünf Jahre jünger als du.«

Er winkte ab. »Keine Sorge. Sie ist nicht mein Typ.«

Das gefiel mir auch nicht. Also redeten wir über rothaarige Lehrerinnen, blonde Ärztinnen und grünäugige Perserinnen. Zwei Flaschen Martini halfen uns, das Gespräch in Gang zu halten. Und je leerer die Flaschen, desto obszöner wurden die Themen.

Irgendwann, als die Schwärze der Nacht einen leichten Graustich bekam, legte ich mich auf die Couch zu einem kurzen und unerquicklichen Schlaf.

Ich erwachte von einem nassen Handtuchschlag. Das Handtuch blieb auf meinem Kopf liegen und so blieb mir nichts anderes übrig, als die rechte Hand zu heben und es wegzuziehen. Das hätte ich lieber nicht machen sollen, denn das grelle Licht brannte mir ein Loch zwischen die Augen.

»Aufstehen, du Langschläfer!«, brüllte das Mädchen.

Ich krächzte und fiel von der Couch. Mühsam kam ich auf die Beine und schlich in die Küche, wo Thomas mit gebeugtem Rücken und zittrigen Händen an der Kaffeekanne hantierte.

»Wo sind die Aspirin?«, flüsterte ich. Noch ein lautes Wort und mein Kopf wäre geplatzt.

Wortlos griff er in die Außentasche seines frisch gebügelten Hemdes und schob mir eine Packung Tabletten rüber. Ich nahm drei auf einmal.

Nach drei Tassen Kaffee und einem zart mit Honig bestrichenen Toast fühlte ich mich besser. Gut genug jedenfalls, um einen Gedanken an meine Lage zu verschwenden. Bei Tageslicht betrachtet, war sie elendig beschissen. Die Polizei hatte sicher schon gestern Abend meinen Wagen identifiziert und sich Gedanken über den Fundort der Pistole gemacht. Außerdem hätte ich eine blaue Mauritius darauf verwettet, dass sich die Fingerabdrücke des Mörders *nicht* auf der Pistole befanden. Zum Glück hatte ich sie nicht auch noch aufgehoben. Bei meiner Dummheit in letzter Zeit war das schon ein kleines Wunder. So blieb mir wenigstens das i-Tüpfelchen auf der Mordanklage erspart.

Zusammen mit der vierten Tasse Kaffee wendete ich mich der Frage zu, wer eigentlich die Polizei angerufen hatte. Logischerweise konnte es sich dabei nur um den Mörder handeln. Ihn zu finden und damit meine Unschuld zu beweisen, musste jetzt mein Bestreben sein. Wahrlich, ich war an diesem Morgen ein klarer Denker. Für die Mittel und

Wege, die mich zu meinem Ziel hinführten, brauchte ich allerdings etwas länger.

Als Ersten rief ich Kurz an. Er war ziemlich sauer, dass er wegen mir seinen Segeltörn verpasst hatte.

»Kurz«, sagte ich, »dein Segeltörn ist ein Fliegendreck im Vergleich zu der Scheiße, in der ich stecke. Die Polizei hält mich für einen Mörder und sucht nach mir. Vielleicht entwickelst du mal ein bisschen Fantasie, wie du mich da rausholen kannst!«

Er entwickelte keine Fantasie. »Als dein Anwalt rate ich dir, dich zu stellen. Solange du untertauchst, machst du dich verdächtig. Wenn du möchtest, können wir auch gemeinsam zur Polizei gehen.«

»Lass dieses Lehrbuchgequatsche!«, furzte ich ihn an. »Sobald Merschmann mich in seinen Klauen hat, lässt er mich nicht mehr los. Jeder Kriminalbeamte, der eine Spur verfolgt, die mich entlasten könnte, wird von ihm sofort zur Verkehrspolizei versetzt. Ich gehe nur ins Polizeipräsidium, wenn ich den Mörder vor mir herschubse.«

»Wie du meinst«, sagte Kurz ohne Überzeugung. Er war wirklich eine große Hilfe.

»Auf ein bisschen Störfeuer können wir trotzdem nicht verzichten«, erklärte ich ihm. »Ruf im Präsidium an und erzähl denen, warum ich mich abgesetzt habe! Derjenige, der sie gestern Abend alarmiert hat, muss der Mörder sein. Sag ihnen das so lange, bis sie versprechen, sich darum zu kümmern!«

»Ist das alles, was du in der Hand hast?«

»Nein, ich habe noch einen winzigen Strohhalm. Hillerich war vor zwanzig Jahren der Urheber einer großen Schweinerei. Karl Pobradt wollte da nicht mitmachen und starb kurz darauf. Den Beweis, dass Pobradt sich von Hillerich trennen wollte, habe ich seit vorgestern in der Tasche. Möglicherweise besteht ein Zusammenhang zwischen den beiden Todesfällen.«

Kurz war noch immer nicht überzeugt, aber wenn ich starke Kopfschmerzen habe, kann ich nicht mal den Papst davon überzeugen, dass der Teufel nach Schwefel stinkt.

Von nun an ging ich extrem unauffällig vor. Ich lieh mir Thomas' Rennrad und reihte mich in die Scharen münsterscher Fahrradfahrer ein, die die Promenade unsicher machen. Zusammen mit blutjungen Studenten kreuzte ich die Weseler Straße und warf einen Blick auf die alte Mensa, in der ich manches Schnitzel Godard verspeist hatte. Der damalige Küchenchef war berühmt für seine langweilige Kochkunst und seine kulturell anspruchsvolle Namensgebung.

Entlang des Aasees legte ich einen Sprint ein, sodass ich erst mal verschnaufen musste, bevor ich auf die pobradtsche Klingel drückte.

Die Hausherrin öffnete persönlich. Sie sah weder erfreut noch erstaunt noch erbost aus. Sie war so sachlich wie ein Kellner in einem Luxusrestaurant, der einen Gast mit unpassender Krawatte bedient.

»Ich hörte, Sie haben Ärger«, schnarrte sie, während sie vorausging.

»Das hat Ihnen sicher Ihr Freund Merschmann erzählt.«

»Mein Freund?«, fragte sie ohne Interesse.

»Nun, er hält Sie doch auf dem Laufenden, was mich und meine Aktivitäten angeht.«

»Kann schon sein.« Sie nickte mit dem Kopf in Richtung eines Sessels.

»Dann wissen Sie sicher auch, dass Kurt Hillerich das Zeitliche gesegnet hat«, fuhr ich fort.

»Und dass Ihr Wagen vor seiner Tür parkte. Aber seien Sie versichert, dass ich Ihnen keine Vorwürfe mache. Hillerich war eine Ratte.«

Die Dame formulierte heute erstaunlich direkt.

»Vorwürfe sind auch völlig unbegründet«, sagte ich. »Ich habe ihn nicht auf dem Gewissen.«

»Wie dem auch sei, er hat ein solches Ende verdient.« Sie deutete ein gnädiges Lächeln an. »Aber um mir das zu sagen, haben Sie sich doch nicht hier hinaus bemüht, oder?«

Ich nickte bedeutungsschwanger. »Ich habe den dritten Abschiedsbrief, den an Kurt Hillerich.«

Unter ihrem Make-up wurde sie einen Hauch blasser.

»Oder sollte ich besser sagen: den sogenannten dritten Abschiedsbrief. Er ist zwar an demselben Tag geschrieben worden wie die anderen beiden, aber von einer Selbsttötungsabsicht ist darin keine Rede. Im Gegenteil, Ihr Mann scheint seine lebendige Zukunft deutlich vor Augen gehabt zu haben. Eine Zukunft, die er ohne Kurt Hillerich plante.«

Sie sagte nichts, kaute nur ein bisschen an ihrer Unterlippe.

»Es gab einen konkreten Anlass, warum er die Zusammenarbeit mit Hillerich aufkündigte«, redete ich weiter. »Hillerich hatte ihm wieder einmal ein billiges Grundstück zugeschustert, diesmal in Mecklenbeck, und Ihr Mann hat dort eine Reihenhaussiedlung hochgezogen. Was Ihr Mann nicht, Hillerich jedoch sehr wohl wusste: Der Boden, auf dem die Siedlung stand, war mit den giftigen Abfällen einer Lackfabrik verseucht. Als Ihr Mann davon Wind bekam, war er empört. Nicht nur, weil er die Regressforderungen der Bewohner fürchtete, sondern auch, weil er nicht wollte, dass sich spielende Kinder vergiften.«

Wilma Pobradt war zu einem Häufchen Elend zusammengesackt. Ihre Würde reichte gerade noch aus, um nicht an den Fingernägeln zu knabbern. Hier war sie, meine große Stunde. Bislang hatten mich alle für ein Sofakissen gehalten, dem man den passenden Knick beibringen durfte. Damit war jetzt Schluss! Georg Wilsberg, der souveräne Privatdetektiv, sagte: »Und jetzt kommt der Clou, gnädige Frau: Karl Pobradt schreibt einen Brief an Kurt Hillerich, in dem er droht, die Geschichte öffentlich zu machen. Hillerich hätte am Pranger gestanden, seine Geschäfte und sein öffentliches Ansehen wären futsch gewesen. Doch ein paar Stunden später ist Karl Pobradt tot. Selbstmord wegen Ehekrise. Ein Mann, der morgens einen öffentlichen Skandal plant, überlegt sich mittags, dass er freiwillig aus dem Leben scheidet? Nicht besonders glaubwürdig, wie?«

Ich starrte sie triumphierend an. Wenn das keine Zange war, in der ich sie hatte, wollte ich fortan Bugs Bunny heißen und Mohrrüben kauen.

Die Sekunden tröpfelten wie Essig auf ihre Wunden. Langsam hob sie den Kopf und guckte mich an. Das heißt, eigentlich guckte sie auf die drei Tannen, die irgendwo in meinem Rücken standen.

»Hillerich war's«, sagte sie mit heiserer Stimme. »Hillerich hat meinen Mann umgebracht.« Sie fasste sich und sprach jetzt fester: »Karl hatte am Morgen mit ihm telefoniert. Hillerich kam vorbei und sie stritten sich eine halbe Stunde. Dann fiel der Schuss.«

»Und wie hat er Sie rumgekriegt, bei der Sache mitzumachen?«, erkundigte ich mich.

»Er wusste, dass die Ehe für mich die Hölle war. Er bot mir eine große Summe Geld. Ich setzte mich hin und schrieb die beiden Abschiedsbriefe. Runze hat er natürlich auch bestochen. Und Merschmann.«

XVI

Die Geschichte gefiel mir nicht, sie gefiel mir überhaupt nicht. Während mir frischer Fahrtwind um die Ohren blies, begann mein Gehirn klarer zu denken. Und je länger ich über Wilma Pobradts Geschichte nachdachte, desto weniger gefiel sie mir.

Hinter der ehemaligen Pädagogischen Hochschule stieg ich vom Rad und probierte nacheinander drei Telefonzellen, bis ich eine fand, die einen intakten Telefonhörer besaß und trotzdem mein Geld annahm. Kurz war noch immer zu Hause. Langsam begann ich, ihm gegenüber so etwas wie Dankbarkeit zu empfinden.

»Sie sagen, sie reißen dir den Arsch auf, wenn du dich nicht sofort stellst«, sagte er mit einer gewissen Häme in der Stimme.

»Jaja. Was ist mit der anderen Sache?«

»Ach so. Es herrschte eisiges Schweigen, als ich die Frage in den Raum stellte, wer denn wohl angerufen habe. Als ich dann noch deine Theorie …«

»Hör mal, ich hab gesagt, du sollst das mit Nachdruck vorbringen.«

»Na klar, ich habe geredet wie Otto Schily bei einem RAF-Prozess.«

Ich stöhnte.

»Ob das was genutzt hat, weiß ich allerdings nicht. Sie stellten mir immer die Gegenfrage, wo du seist. Und dass ich auch als Anwalt keinen Mordverdächtigen decken dürfe und all den Quatsch, den Bullen erzählen, wenn sie sich bedeckt halten wollen.«

»Mit anderen Worten: Du hast nichts erreicht.«

»So würde ich das nicht ausdrücken. Manche Worte fallen erst dann auf fruchtbaren Boden, wenn das Gespräch schon längst beendet ist.«

Das sind die Tröstungen, die man als Mordverdächtiger von seinem Anwalt bekommt. Auf dem Weg zum elektrischen Stuhl würde er mir erzählen, dass die Chance auf ein Leben nach dem Tod siebzig zu dreißig stünde.

Als Nächsten rief ich Willi an. Intakte Telefonzellen muss man einfach ausnutzen. Allerdings sollte die Post mal darüber nachdenken, wie sie die Innenbelüftung verbessern kann. Willi holte mich aus dem moralischen Tief, in das mich Kurz geschubst hatte. Er widersprach mir nicht, er gab mir in allem recht, er versprach, so lange Briefmarken zu verkaufen, bis entweder meine Unschuld bewiesen oder die zwanzig Jahre Gefängnis abgesessen waren. Er wollte sogar meine arme alte Mutter anrufen, um sie schonend auf die drohende Tragödie vorzubereiten, was ich ihm jedoch verbot. Bevor nicht das Urteil gesprochen war, sollte sie nichts von der Sache erfahren. Kurzum, ich fühlte mich nach dem Gespräch mit Willi wie ein Karpfen auf dem Land, dem man einen Eimer Wasser gereicht hat.

Mit neuem Mut stopfte ich – die wütenden Proteste außerhalb und das Geklopfe an die Glasscheibe missachtend – drei frische Groschen in den Schlitz. Die Luft in der Zelle war nun endgültig verbraucht und Schweiß lief mir übers Gesicht und den Nacken herunter. Ich gab mich als Albert Droste-Hülshoff aus und schaffte es tatsächlich, bis zu Stürzenbecher vorzudringen.

»Wo bist du?«, fragte er zur Begrüßung.

»Lass den Scheiß!«, sagte ich. »Auch keine Fangschaltungsmätzchen, bitte. Ich habe nur eine Frage: Wer hat euch angerufen gestern Abend?«

»Warum sollte ich dir die Frage beantworten?«

»Weil du ein anständiger Mensch bist, weil ich unschuldig bin, weil wir uns schon lange kennen, weil …«

»Schon gut. In einer halben Stunde im Zoo, im Affenhaus.«

»Warum sollte ich kommen?«

»Weil ich ein anständiger Mensch bin, weil du unschuldig bist, weil du neugierig bist, weil …«

»Okay, du hast mich überredet. Falls das eine Falle sein sollte, erschieß ich dich als Ersten.«

»Ich bitte darum.«

Vor der Telefonzelle beschwichtigte ich den kleinen Menschenauflauf mit erhobenen Armen. »Eine dringende Familienangelegenheit«, sagte ich und legte so viel Schmerz in die Stimme, dass die Umstehenden von tätlichen Angriffen auf mich absahen.

Bis zum Zoo waren es fünf Minuten Schussfahrt auf dem Rennrad. Kein halbwegs normaler Mordverdächtiger hätte auch nur einen Gedanken daran verschwendet, eine Verabredung mit einem Hauptkommissar einzuhalten. Aber ich war nun mal unschuldig und außerdem hatte ich schon so viele Fehler gemacht, dass es auf einen mehr oder weniger nicht ankam.

Obwohl ich seit vierzehn Jahren in Münster lebte, hatte ich den Zoo erst drei Mal von innen gesehen. Gegen die meisten Viecher bin ich sowieso allergisch und den Rest bedaure ich, weil er sich die Welt durch Gitterstäbe angucken muss.

Die Elefanten trompeteten mir etwas, als ich ihnen freundlich zuwinkte, und das Federvieh kreischte, was das Zeug hielt. Den Orang-Utans Gorillas und Schimpansen konnte man durch dicke Glasscheiben zuglotzen, wie sie mit ihrem eigenen Kot spielten oder sich gegenseitig die Läuse vom Pelz rupften. Ich glotzte stattdessen auf die beiden Eingänge, durch die entweder Stürzenbecher oder die GSG-9 kommen würden.

Zu meiner Beruhigung war das Erste der Fall. Wir lächelten uns zu wie zwei Rentner auf dem Weg zum Seniorenklub.

»Guck mal, wie der sich krault«, sagte Stürzenbecher.

»Eine imposante Erscheinung«, nickte ich.

»Meine Kinder liegen mir schon seit Wochen in den Ohren, dass sie die Affen sehen wollen.«

»Ein schöner Ausflug für die ganze Familie«, bestätigte ich.

Wir hätten stundenlang so weiterreden können. Übers Wetter, zum Beispiel. Oder über die Frage, ob Helmut Kohl wirklich so dumm war, wie er redete. Es gibt nichts, was ich im Affenhaus lieber tue.

»Wer hat euch angerufen?«, fragte ich.

»Eine Nachbarin.«

»Hat sie ihren Namen genannt?«

»Nein.«

»Warum nicht?«

»Du weißt doch, wie Nachbarn sind: Sie wollen ihrer Pflicht als Staatsbürger nachkommen, aber keinen Ärger haben. Sie rufen einfach an und sagen: In dem Haus Nummer sowieso ist ein Schuss gefallen. Sehen Sie mal nach! Und dann legen sie auf.«

»Meine Nachbarn sind anders.«

»Es gibt Nachbarn, die anders sind. Aber es gibt auch Nachbarn, die genau so sind.«

»Glaubst du das?«

»Es kommt nicht darauf an, was ich glaube. Es kommt darauf an, was ich beweisen kann.«

»Hör zu«, sagte ich nicht ohne Pathos, »jemand will mich am Arsch packen. Und Merschmann ist genau der Mann, der seine Hand dafür zur Verfügung stellt.«

Stürzenbecher beobachtete einen riesigen Gorilla, dem ich glatt einen Totschlag zugetraut hätte. »Kann schon sein.«

»Heißt das, dass du auf meiner Seite stehst?«

»Ich steh auf meiner Seite, Wilsberg. Vergiss das nicht. Wenn wir zufällig für dieselbe Mannschaft spielen, um so besser. Vorläufig bist du verhaftet.«

»Was?«

»Du bist verhaftet. Ich, der Kriminalbeamte, verhafte dich, den Verdächtigen.«

»Ich bin unschuldig«, schrie ich ihn an.

»Ich weiß.«

»Nur ich kann meine Unschuld beweisen«, beschwor ich ihn.

»Es ist besser für dich, glaube mir«, sagte Stürzenbecher, als rede er auf einen jugendlichen Fahrraddieb ein. »Die Freiheit ist viel zu gefährlich für dich. Kann sein, dass man dich beim nächsten Mal über den Haufen schießt.«

Jede weitere Verhandlung schien zwecklos zu sein.

»Gehn wir!«, kommandierte er.

Die Elefanten trompeteten, das Federvieh kreischte und die Wildpferde zeigten uns ihre Hinterteile. Offensichtlich verlangten sie mehr Beachtung, als wir ihnen zu schenken bereit waren.

»Wo war eigentlich Frau Hillerich, als es passierte?«, fragte ich.

»Bei einer Freundin.«

»Ach. Und was wollte sie da?«

»Plaudern. Wir haben die übereinstimmenden Aussagen der beiden Damen. Außerdem, was ist daran so ungewöhnlich, wenn sich zwei ältere Frauen zum Kaffee treffen?«

»Bist du so blöd oder tust du nur so? Alle Beteiligten haben sich abgesprochen, um mich hinter Gitter zu bringen. Inklusive Merschmann, der den Damen Hillerich und Pobradt noch von damals verbunden ist. Jedenfalls hat er an der Vertuschung der Todesumstände des alten Pobradt kräftig mitgewirkt.«

»Hoho«, machte Stürzenbecher. »Kannst du das beweisen?«

»Beweisen, beweisen.« Er ging einen halben Schritt hinter mir, deshalb musste ich mich umdrehen, um ihm meine Empörung ins Gesicht zu schleudern. »Wenn ich Staatsanwalt wäre, könnte ich es beweisen. Aber ich bin nur ein kleiner beschissener Privatdetektiv.«

»Eben. Darum habe ich dich ja verhaftet.«

»Hoffentlich bringt dir das eine Beförderung ein«, sagte ich höhnisch.

»Als Hauptkommissar habe ich das Laufbahnende schon erreicht«, erwiderte er sachlich.

»Dann weiß ich nicht, warum du dich so ins Zeug legst.«

»Wie ich schon sagte: Es ist besser für dich.«

Mit einem Pavian hätte ich mich besser unterhalten. Wortlos stapften wir an den Kassenhäuschen vorbei. Die rechte Hand behielt er in der Manteltasche, vermutlich an der Knarre. Immerhin war ich ein gefährlicher Verbrecher.

Vor dem Tor blieb ich stehen. Er zeigte mit dem Kinn nach links zum großen Parkplatz. Wir schlenderten hinüber. Der Anblick meines Rennrades machte mich ganz wehmütig. Wann würde ich wohl das nächste Mal Fahrrad fahren?

Stürzenbecher lotste mich zu einem grauen Audi, der so unauffällig aussah, dass man dreimal in den Rückspiegel gucken muss, bevor man ihn wahrnimmt.

»Streck die Hände aus!«, sagte Stürzenbecher.

»Willst du mir etwa Handschellen anlegen?«

»Zu deiner und meiner Sicherheit. Du scheinst ein bisschen durcheinander zu sein, Georg.«

Ich trat einen Schritt näher. Er nahm die rechte Hand aus der Manteltasche und griff sich an den hinteren Teil des

Gürtels, dorthin, wo die Handschellen baumelten. In diesem Moment nahm ich seinen Kopf in beide Hände und donnerte ihn auf das Wagendach. Es war ein klassischer Knock-out. Sein Körper wurde schlaff und glitt zu Boden. Ich ließ ihn sanft aufplumpsen und lehnte den Oberkörper gegen den Kotflügel. Stürzenbechers Puls war den Umständen entsprechend ganz ordentlich. Also entfernte ich mich im Sprinttempo vom Tatort.

Kurz vor dem Rennrad musste ich feststellen, dass ich seine Nehmerqualitäten unterschätzt hatte.

»Bleib stehen oder ich schieße!«, brüllte eine Stimme, die eine entfernte Ähnlichkeit mit der des Hauptkommissars aufwies. Zurückblickend sah ich, dass er sich auf dem Wagendach abstützte und mit der Pistole ungefähr in meine Richtung zielte. Ich war ziemlich sicher, dass er nicht abdrücken würde.

Während ich am Fahrradschloss nestelte, pfiff eine Kugel über meinen Kopf – weit über meinen Kopf. Ein Warnschuss. Drei kleine Jungen, jeder ein Eis in der Hand, kamen auf mich zu.

»Sind Sie ein Gangster?«, fragte der Kleinste der drei.

»Nein«, antwortete ich.

»Sind Sie ein Fahrraddieb?«, fragte der Mittlere.

»Auch nicht.« Endlich sprang das Schloss auf.

»Geht zu eurer Mami zurück!« Ich beugte mich zu den dreien hinunter. »Der Mann da hinten ist ein Gangster.«

»Bleib stehen, du Idiot!«, brüllte Stürzenbecher.

»Kommt sofort zurück!«, kreischte eine Frauenstimme.

Drei leuchtende Augenpaare verfolgten, wie ich mich aufs Rad schwang und losstrampelte. Das wirkliche Leben ist halt doch interessanter als Fernsehen. Irgendwo weit hinten sprang ein Audi-Motor an.

Die Stadt Münster ist stolz auf ihre vielen Fahrradwege.

Und zum ersten Mal war ich ihr dafür dankbar. Auf Wegen, die kein Auto befahren kann, preschte ich in die Innenstadt zurück. Unterwegs nahm ich mir vor, in den Allgemeinen Deutschen Fahrradklub einzutreten, sobald ich den ganzen Schlamassel hinter mir hatte.

Bei Thomas angekommen, verfrachtete ich das Rad in den Keller. Thomas war zur Arbeit gefahren und die Kinder guckten bei einem Freund der Mutter alte Videos. Ich warf die Kaffeemaschine an und rauchte einen Zigarillo. Meine Hände zitterten ganz leicht.

Nach drei Tassen Kaffee bekam ich Bauchschmerzen, die gut zu meinen Kopfschmerzen passten. So entsprach meine innere Lage der äußeren. Und plötzlich hatte ich wieder mal eine gute Idee. Ich rief beim Rechtsmedizinischen Institut an, gab mich als Kommissar Hoppenstedt aus und bekam eine wirklich interessante Information.

XVII

Das öffentliche Nahverkehrssystem ist in Münster vermutlich nicht komplizierter als in anderen Städten. Doch für jemanden, der gewohnt ist, sich im Auto oder auf dem Fahrrad fortzubewegen, bereitet es schon einige Schwierigkeiten, die höhere Logik der Linienpläne und Preiszonen zu durchschauen und den Fahrkartenautomaten entsprechend zu füttern. Da ich unbedingt vermeiden wollte, als Schwarzfahrer enttarnt zu werden, gab ich dem Busfahrer mit schüchternem Lächeln das Fahrziel an und erntete eine Ladung wortloser Verachtung.

An der Dorfkirche von Amelsbüren stieg ich aus. Es war Nacht geworden und ein kühler Wind pfiff um die Backsteinbauten. In den drei Dorfkneipen hockten die Säufer am Tresen und brachten ihren Alkoholspiegel auf den Stand vom gestrigen Abend. Die Straßen waren leer und sauber, die Vorgärten naturgewordene Ordnungsneurosen. Wer hier wohnte, hatte sich selbst und seine Welt im Griff, notfalls mit einer Handvoll Schlaftabletten und Angstlöser.

Ich schellte. Das Flurlicht ging an und eine Frauenstimme sagte durch die geschlossene Tür: »Wer ist da?«

»Georg Wilsberg.«

»Was wollen Sie?«

»Mit Ihnen sprechen.«

Weder öffnete sich die Tür noch wurde das Gespräch fortgesetzt. Dafür entfernten sich Schritte. Ich wartete. Der nächste Bus fuhr sowieso erst in einer halben Stunde.

Nach einer Minute kamen die Schritte zurück, ein Schlüssel drehte sich im Schloss und die schwere Eichentür gab den Blick frei auf eine hell erleuchtete Diele.

»Kommen Sie herein!«, sagte Frau Hillerich. Auf ihren Wangen leuchteten zwei kleine roten Flecken. Ansonsten war sie so lebendig wie die Frau von der telefonischen Zeitansage. Hintereinander gingen wir in ein Wohnzimmer, in dem dunkle Brauntöne dominierten. Auf dem Tisch standen zwei Gläser.

Sie wiederholte ihre Frage von vorhin.

Ich räusperte mich, um den Frosch im Hals loszuwerden. »Sie haben den Selbstmord Ihres Mannes vertuscht. Sie wussten, dass er mit mir verabredet war. Also haben Sie den Revolver abgewischt und auf den Boden geworfen. Dann haben Sie die Polizei angerufen, in der Hoffnung, dass man mich hier erwischen würde. Was ja auch fast gelungen wäre.«

Ihre grauen Augen krallten sich in die meinen. »Ich wüsste nicht, warum mein Mann sich hätte umbringen sollen.«

»Weil er schwer krank war. Er hatte Krebs und höchstens noch ein halbes Jahr zu leben. Außerdem ahnte oder befürchtete er, dass ich die Geschichte mit den verseuchten Grundstücken an die Presse weitergeben würde. Und seine letzten Lebensmonate wollte er nicht in Schimpf und Schande verbringen.«

Ihr Gesichtsausdruck sagte mir, dass ich richtig lag.

»Selbstmord gilt in Ihren Kreisen immer noch als unehrenhaft«, fuhr ich fort. »Außerdem hassen Sie mich, weil Sie mich für seinen Tod mitverantwortlich machen. Deshalb arrangierten Sie alles so, dass der Verdacht auf mich fallen musste.«

Ein faltiges Lächeln umspielte ihren Mund. »Und nun, junger Mann, was fangen Sie an mit Ihrem Wissen?«

»Wir gehen zur Polizei und erzählen es ihr.«

»Wir?«

»Ja«, sagte ich. »Sie nehmen Ihre Aussage zurück und sagen die Wahrheit.«

»Sonst?«

»Sonst tue ich es.«

Das maliziöse Lächeln verstärkte sich. »Wird man Ihnen glauben?«

»Die Polizei ist nicht in ihrer Gänze ein blöder Sauhaufen. Und sie besteht auch nicht nur aus Merschmännern.«

Das war das Stichwort. Mit lautem Klacken sprang hinter mir eine Tür auf. Als ich den Kopf drehte, stand er im Türrahmen. In seiner rechten Hand glänzte eine handliche Dienstwaffe.

»'n Abend, Herr Merschmann«, sagte ich. »Ich habe mir schon gedacht, dass Frau Hillerich nicht aus zwei Gläsern trinkt.«

»Cleveres Bürschchen«, grunzte Merschmann und trat ein paar Schritte näher. »Doch leider nicht clever genug.«

Ich seufzte. »Offen gestanden, hatte ich gehofft, dass der Besuch etwas harmloser wäre. Eine Cousine vielleicht oder eine junge Nichte.«

Merschmann ließ sich neben der Hillerich auf das Sofa fallen. Die Pistole hielt er so, dass es einen glatten Bauchdurchschuss geben würde.

»Quatsch nicht rum, Wilsberg!«, stoppte er meinen Gedankengang. »Ich habe dich gewarnt, nicht einmal, nein, zwei-, ja dreimal. Jetzt ist es aus.«

Das Blut, das sich vor einer Minute noch in meinem Kopf befunden hatte, war in Richtung Füße abgeflossen. Ich drohte, ohnmächtig zu werden.

»Tun Sie Ihre Pflicht!«, sagte ich so gelassen wie möglich. »Nehmen Sie mich fest!«

Fast unmerklich schüttelte er seinen Quadratschädel. »Tut mir leid, Wilsberg. Dazu ist es zu spät.«

Mir wurde schwarz vor Augen. Mit letztem Willen zwang ich mich, das Gespräch fortzusetzen. Solange er redete, würde er nicht schießen.

»Machen Sie sich nicht unglücklich, Merschmann! Sie sind Beamter. Wollen Sie Ihre Pension aufs Spiel setzen? Soll Ihre Familie von der Sozialhilfe leben?«

Er bleckte die Zähne. »Was soll ich machen? Sie werden sich der Festnahme widersetzen. Sie werden mich angreifen. Und ich werde Sie in Notwehr erschießen.«

»Es gibt eine Zeugin, vergessen Sie das nicht.«

Merschmann guckte zur Hillerich hinüber. »Es tut mir leid, Trude, dass das hier passieren muss. Aber es ist in unser aller Interesse.«

Die Witwe sah aus, als könnte sie noch eine zweite Leiche ertragen.

In diesem Moment nahm ich meinen letzten Mut zusammen und trat mit vollem Risiko unter den Glastisch. Entweder würde ich mir den Fuß brechen und anschließend erschossen werden oder es gelang mir, Merschmann für ein paar Sekunden abzulenken.

Der Tisch war leichter, als ich dachte. Er knallte dem Kriminalrat vor den Kopf. Merschmann stieß einen Schrei aus und ließ die Pistole fallen. Fast gleichzeitig war ich an der Tür und hetzte zum Hauseingang.

Als ich endlich den komplizierten Verschlussmechanismus der Haustür überwunden hatte, klatschte eine Kugel neben meinem Kopf in den Türrahmen. Offenbar hatte Merschmann seine Beherrschung reichlich schnell wiedergefunden.

Die drei Treppenstufen nahm ich mit einem Sprung – und spürte einen stechenden Schmerz im Knöchel. Vom Schwung mitgerissen und vom Schmerz halb betäubt stolperte ich über den niedrigen Jägerzaun und verlor endgültig das

Gleichgewicht. Das Letzte, was ich sah, waren die Pflastersteine, die mir ins Gesicht knallten. In voller Lebensgröße lag ich auf dem Bürgersteig und wusste: Das ist das Ende.

Eine Stimme brüllte: »Waffe fallen lassen! Und Hände hoch!«

Wo waren meine Hände? Und welche Waffe sollte ich fallen lassen? Jetzt hörte ich ein klirrendes Geräusch. Und ein wütendes Schnauben. »Was erlauben Sie sich? Ich werde Sie suspendieren.« Das war Merschmann.

Darauf die erste Stimme: »Im Gegenteil. Sie sind suspendiert. Lischewski, nehmen Sie die Waffe! Und Sie gehen nach Hause, Merschmann!«

Die Stimme kam mir irgendwie bekannt vor. Genau, sie gehörte meinem Freund Stürzenbecher.

Jemand klopfte mir auf die Schulter. »Du kannst aufstehen, Wilsberg. Es ist vorbei.«

Ich machte die Augen auf und wuchtete mich in die Höhe. Ich blutete wie ein Schwein. Aber ich lebte.

Der dritte Zigarillo in Folge schmeckte, als würde ich auf einem Stück Teerpappe kauen. Zittrig griff ich zur Kaffeetasse – war es die dritte oder schon die fünfte? – und führte sie mit beiden Händen zum Mund. Es ist nicht leicht, von den Toten aufzuerstehen. Psychologen sprechen da vermutlich von einem postmortalen Schock.

Stürzenbecher kam hereinspaziert und besah mich mit kritischem Blick: »Na, geht's besser?«

»Och, ich hab mich schon schlechter gefühlt. Zum Beispiel damals, als man mich gefesselt auf die Eisenbahnschienen legte und …«

Stürzenbecher lachte sein explosionsartiges Lachen. »Wenn du deinen Humor wiedergefunden hast, kann es ja nicht so schlimm sein.«

Ich schaute ihn böse an. »Wer hat hier Humor? Ich oder der Teufel, der mich vorhin seinen schwefeligen Atem riechen ließ?«

Stürzenbecher wurde etwas ernster. »Ist das meine Schuld? Ich habe dich einzig und allein aus dem Grund verhaftet, damit du nicht Merschmann oder irgendeinem unbedarften Polizisten vor die Pistole läufst. Im Gefängnis hättest du in Ruhe abwarten können, bis die Sache mit Merschmann und der Hillerich geklärt war.«

»Hat sie alles zugegeben?«

Er nickte. »Ich brauchte sie kaum in die Mangel zu nehmen. Merschmanns Absturz hat sie ziemlich aus dem Gleichgewicht gebracht.«

»Und warum«, brauste ich auf, »hast du mir nicht die leiseste Andeutung gemacht, dass ihr gegen Merschmann ermittelt und der Hillerich die Mordgeschichte nicht abkauft? Vielleicht *hätte* ich mich dann sogar festnehmen lassen.«

Stürzenbecher wand sich wie ein Aal. »Du machst dir keine Vorstellungen, in was für eine Teufelsküche ich komme, wenn ich polizeiinterne Ermittlungen an Außenstehende weitergebe. Da ist die Bürokratie unerbittlich.«

»Ach«, schnappte ich nach, »und mein Leben? Ist das etwa kein zu schützendes Rechtsgut?«

»Nun halt mal die Luft an! Kann ich denn ahnen, dass du so blöd bist, mir eins auf den Schädel zu geben und anschließend auch noch in die Höhle des Löwen zu marschieren?«

Es stand unentschieden. »Okay«, zündete ich die Friedenspfeife an, genauer gesagt meinen vierten Zigarillo, »wir haben beide Mist gebaut. Schwamm drüber, wie Wolfram Esser zu sagen pflegt, wenn unsere Jungs schlecht spielen. Verrat mir lieber mal, wie ihr Merschmann auf die Schliche gekommen seid.«

»Nun, der Auslöser warst du. Als ich den Pobradt-Bericht

gelesen habe, kam mir selber einiges komisch vor. Ich habe dann den Präsidenten gebeten, die Sache untersuchen zu dürfen. Und nach einiger Bedenkzeit hat er zugestimmt. Mit größter Vorsicht habe ich daraufhin die damals beteiligten Polizeibeamten befragt und zwei von ihnen bestätigten den Verdacht. Der Rest war einfach. Wir konnten ermitteln, dass Merschmann und ein gewisser Ottokar Runze – du erinnerst dich vielleicht: der Nachbar der Pobradts – kurz nach dem Tod von Karl Pobradt eine große Summe Geld bekamen.«

Ich erinnerte mich sehr gut an Runze, den kleinen, ängstlichen Mann, den ich mir selber noch mal vorknöpfen wollte.

»Runze fühlte sich sofort ertappt«, fuhr Stürzenbecher fort. »Wir brauchten nicht lange bohren, da brach er zusammen. Er hat geheult wie ein Schlosshund. Ich glaube, es war sogar eine Erleichterung für ihn, sich alles von der Seele reden zu können. Kurzum: Als Runze in der Nachbarwohnung einen Schuss hörte, ging er hinüber und klopfte an die Tür. Frau Pobradt öffnete und sagte: Mein Mann hat sich angeschossen. Bitte holen Sie einen Krankenwagen! Runze tat das auch und ging noch einmal zurück, um zu fragen, ob er helfen könne. Diesmal traf er einen Mann in der Wohnung, den er des Öfteren beobachtet hatte, wenn sich Karl Pobradt auf Geschäftsreisen befand. Es handelte sich um den Geliebten von Wilma Pobradt.«

»Werner Meyer«, sagte ich.

Stürzenbecher guckte mich mit großen Augen an. »Woher weißt du das?«

»Ich habe mit ihm gesprochen.«

Einen Moment lang verlor Stürzenbecher die Kontrolle über seine untere Mundhälfte. Dann hatte er sich wieder gefangen. »Bei Schussverletzungen informiert die Feuerwehrzentrale automatisch die Polizei. Inzwischen war schon ein Krankenwagen unterwegs. Und Wilma Pobradt kamen

Bedenken, dass die Anwesenheit ihres Geliebten verdächtig sein könnte. Also bat sie Runze, der Polizei gegenüber den Mund zu halten. Runze verehrte Wilma Pobradt und tat ihr den Gefallen. Später hat Hillerich das Schweigen mit einem gehörigen Zuschuss zu Runzes Eigenheim abgesichert. Ob Werner Meyer Karl Pobradt ermordet hat, wissen wir nicht. Die Berliner Polizei verhört ihn gerade. Vermutlich wird dabei nichts herauskommen, denn Wilma Pobradt schiebt jetzt alles auf Hillerich. Eine bequeme Lösung, der ist schließlich tot. Angeblich soll sich Hillerich mit Pobradt wegen eines Grundstücks gestritten haben.«

Ich griff in die Jackentasche und legte eine Kopie von Pobradts Brief auf den Tisch. »Pobradt wollte nicht länger mit Hillerich zusammenarbeiten. Hillerich hatte ihm ein Grundstück untergeschoben, das eine Chemiefabrik früher als Deponie für giftige Produktionsrückstände benutzt hatte.«

Stürzenbecher pfiff durch seine Zahnlücke, als er den Brief las. »Mannomann, das ist ja starker Tobak. Und auf dem Grundstück …«

»… steht heute eine Reihenhaussiedlung. Man kann nur hoffen, dass die Bewohner in den letzten Jahren keinen selbst angebauten Kohl gegessen haben.«

»Aber …«

»Ich habe den Brief an zwei bekannte deutsche Zeitschriften weitergegeben. Die Sache wird bald kommunalpolitische Wellen schlagen.«

Stürzenbecher kombinierte messerscharf: »Du hast Hillerich den Brief geklaut. Deshalb hat er die Anzeige gegen dich zurückgezogen.«

Ich nickte wie ein gütiger Lehrer. »Er bot mir an, den Brief zurückzukaufen, und ich ging zum Schein darauf ein. Aber irgendwie ahnte er wohl, dass ich ihn in die Pfanne hauen würde.«

Mit zehn Schweigesekunden gedachten wir des Toten. Dann nahm Stürzenbecher den Brief wieder in die Hand. »Das Datum ist doch ...«

»... der Todestag von Karl Pobradt«, bestätigte ich. »Karl muss ihn unmittelbar vor seinem Tod geschrieben haben. Und Merschmann hat ihn gefunden. Der einzig echte Abschiedsbrief übrigens. Die beiden anderen hat Wilma Pobradt geschrieben.«

»Das würde ja bedeuten ...«

»... dass Wilma Pobradt die Wahrheit gesagt hat«, versuchte ich die Gedanken des Kriminalhauptkommissars in die richtige Richtung zu lenken. »Hillerich hat Pobradt umgebracht. Merschmann roch den Braten und deckte seinen Jugendfreund Hillerich. Nicht ganz uneigennützig, wie du herausgefunden hast. Der Brief gehörte zum Geschäft zwischen den beiden. Und weil Hillerich die Selbstmordthese nicht gefährden wollte, bezahlte er auch Runze. Denn wäre der Verdacht auf Werner Meyer gefallen, hätte das Hillerich in eine schwierige Lage gebracht. Schließlich mochte die Witwe nach ihrem Mann nicht auch noch ihren Geliebten verlieren.«

Das war meine kleine, schlüssige Geschichte. Mit einigen Haken, wie ich wusste. Stürzenbecher kaute eine Weile an ihr herum, dann schluckte er sie. Entweder übersah er die winzigen Ungereimtheiten oder er war mit der Lösung, die ich ihm angeboten hatte, zufrieden. Vielleicht auch beides.

»Immerhin haben wir Merschmann abgeschossen. Und das ist auch was wert«, sagte er, als er mich zur Tür brachte.

Wie konnte ich ihm da widersprechen?

XVIII

Als ich das Haus in Nordwalde verließ, atmete ich erleichtert auf. Vor dem Treffen mit Hermann Pobradt und seiner Mutter hatte ich einigen Bammel gehabt. Würde mir der misstrauische Hermann die Geschichte abkaufen? Immerhin war er kein Bürokrat wie Stürzenbecher, der eine Lösung akzeptierte, solange sie nur aktentauglich war. Hermann hatte sich die Aufklärung der Todesumstände seines Bruders zur Lebensaufgabe gemacht. Sein Verständnis von Wahrheit war ungleich kritischer.

Doch meine Befürchtungen erwiesen sich als grundlos. Was ich ihm präsentierte, entsprach ja auch in groben Zügen seinen Vorurteilen. Zwar hatte er sich die Rolle von Wilma Pobradt etwas größer gewünscht, aber Kurt Hillerich stand ebenfalls auf seiner Rechnung. Also nahm er die Bestätigung, dass sein Bruder ermordet worden war, als späten Triumph. Mutter und Sohn waren glücklich, so glücklich wie zwei Racheengel am offenen Grab ihres Opfers.

Sobald ich konnte, und das war hart am Rand der Unhöflichkeit, machte ich mich aus dem Staub. Meine Party war das nicht, die da abging, ich hatte etwas Besseres vor.

Als es um acht Uhr abends klingelte, spürte ich jenes Kribbeln im Bauch, das manchmal angenehm und meistens unangenehm ist. Diesmal war es eins der angenehmen Sorte.

Katharina hatte ihr Haar zu einem Hauch von Dutt aufgesteckt, eine Betörung in Blond über einem zarten Make-up, umgeben von einer unaufdringlichen Duftwolke.

Ich küsste sie auf die Wange.

»Das riecht ja gut. Was ist das?«, fragte sie.

»Polynesisches Huhn«, sagte ich. »Hähnchenkeulen mit Pfirsichen in Ingwersirup und Weinbrand.«

»Klingt gut. Ich habe auch einen Bärenhunger. Als du sagtest, du wolltest etwas kochen, habe ich das Mittagessen ausfallen lassen.«

Ich führte sie ins Wohnzimmer und ließ sie einen Blick auf meinen verwilderten Garten werfen. Im Abendlicht sieht er ziemlich romantisch aus. Dann zündete ich die Kerzen an, warf eine CD von Tanita Tikaram ein und servierte Martini als Aperitif.

Nach dem Small Talk folgte auf einem Silbertablett das Hauptgericht. Um das polynesische Huhn hatte ich eine Garnitur aus Tomatenröschen, Röschen aus Orangenschalen, Pfirsichhälften und Lychees drapiert. Es sah genauso aus wie in meinem Kochbuch und ich war mächtig stolz auf mich.

Der Geschmack der Hähnchenkeulen entsprach in etwa ihrer Kostümierung und wir legten mehrfach nach, während die erste Flasche kalifornischen Rotweins ihrem seligen Ende entgegenging. Anschließend brachte ich gerade so viel Mousse au Chocolat in zwei Schälchen, dass jegliches Hungergefühl bis zum nächsten Morgen eliminiert wurde, die Sattheit aber nicht in ein Völlegefühl umzuschlagen drohte.

Zum Espresso stopfte ich mir eine Pfeife.

»Schade, dass wir auf verschiedenen Seiten gekämpft haben«, sagte sie.

Ich stieß die ersten Wolken aus. »Das kann man auch positiv formulieren.«

»Und wie?«

»Schön, dass wir nicht mehr auf verschiedenen Seiten kämpfen.«

Sie lachte. »Tatsächlich, so klingt es besser.«

»Ist meine Spezialität, die positive Weltsicht«, sagte ich um die Pfeife herum. »Die negative Wirklichkeit holt einen früh genug ein.«

Wir sahen uns an, einen Moment länger, als es eine normale Gesprächssituation erfordert. Dann entkorkte ich die zweite Flasche Rotwein.

»Noch ein Glas?«, fragte ich.

Wir saßen da, tranken den Wein und genossen die positive Weltsicht. Und irgendwann war die Distanz zwischen uns geschrumpft, auf nichts weiter als das bisschen Kleidung, das wir am Leib trugen. Und auch das wurden wir los, als wir ins Schlafzimmer überwechselten.

Irgendwann später guckte sie mir tief in die Augen. »Ich bin ja so froh, dass diese ganze Geschichte vorüber ist.«

»Du meinst, dass sie *so* vorüber ist.«

Ihre Nasenwurzel drückte Erstaunen aus.

»Es hätte auch jemand anderen treffen können, nicht wahr?«, setzte ich sanft fort.

Sie rückte ein paar Millimeter von mir weg: »Wen denn?«

Es war irgendwie nicht der Ort und nicht die Gelegenheit für die Wahrheit. Ich hätte mich ohrfeigen können, dass ich damit anfangen musste.

»Natürlich weißt du, wer deinen Vater erschossen hat. Ganz bestimmt nicht Hillerich.«

Aus den Millimetern wurden Zentimeter.

»Was? Was soll das? Willst du mir Angst machen?«

Ich versuchte ein Lachen, das allerdings an einen heiseren Wellensittich erinnerte. »Hör auf, mir etwas vorzuspielen! Dein Bruder hat euren Vater gehasst. Er liebte seine Mutter, wie es Jungen in dem Alter tun, und wollte sie von dem Quälgeist befreien. Außerdem war er der Einzige, der das Gewehr nehmen und laden konnte, ohne dass dein Vater Verdacht schöpfte.«

Sie drehte sich endgültig um. Und sprach zu dem Kissen, das unter ihrem Mund lag: »Warum hast du das nicht der Polizei erzählt?«

Ich betrachtete ihren schlanken weißen Hals. Noch vor fünf Minuten hätte ich ihn ohne Bedenken geküsst.

»Warum sollte ich? Die jetzt gefundene Lösung ist doch für alle Seiten akzeptabel, oder?«

Mit heftigem Schwung kehrte sie zu mir zurück. Wenn auch mit einem ganz anderen Glanz in den Augen. »Du willst uns erpressen? Ist es das?«

»Werd bitte nicht moralisch! Du hast mich besucht und mit mir geschlafen, um mich einzuwickeln. Wie würdest du das nennen?«

Einen Moment lang dachte ich, sie würde mir die Augen auskratzen. Dann hatten wir unsere geschäftliche Grundlage wiedergefunden.

»Ich habe es geahnt«, sagte sie mit schleppender Stimme. »Ich habe es die ganze Zeit geahnt. Du weißt, dass man meinem Bruder nichts anhaben kann. Er war damals nicht mal sechzehn. Trotzdem möchten wir vermeiden, dass etwas an die Öffentlichkeit dringt. Meine Mutter bietet dir 20.000 Mark, einmalig.«

Ich schloss die Augen und dachte eine Weile nach. Ein neues Auto konnte ich schon brauchen.

Und so geht es weiter mit Georg Wilsberg in:

In alter Freundschaft

(Leseprobe)

»Übrigens, Carlo Ponti hat nach dir verlangt«, rief er mir nach.

Ich drehte mich um. »Wer?«

»Carlo Ponti. Die Szene-Größe. Die lebende Musiker-Legende. Der Discotheken-Mogul.«

Natürlich kannte ich Carlo Ponti. Wer kannte ihn in Münster nicht? »Und was wollte er?«

»Mit dir reden. Möglichst vorgestern, wenn ich ihn richtig verstanden habe.«

»Ein Auftrag?«

»Was weiß ich? Ich bin mit meinem Kram schon genug beschäftigt. Wenn du mich fragst, solltest du endlich eine eigene Sekretärin einstellen. Es ist ein Unding, dass deine Detektivgeschichten immer zu mir durchgestellt werden.«

»Ich frag dich aber nicht«, sagte ich. »Falls mich jemand sucht: Ich bin bei Carlo Ponti.«

»Ich werd's Tanjas Vater sagen«, höhnte Willi.

Irgendwie hatte sein Charakter gelitten, seitdem er Manager geworden war.

Carlo Pontis Reich liegt an der Steinfurter Straße, einer vierspurigen Ausfallstraße, die die westfälische Provinzmetropole mit so unbedeutenden Käffern wie Burgsteinfurt, Ahaus und Gronau verbindet. Hier hatte Ponti der Stadtverwaltung ein altes Hallenbad abgekauft und daraus eine Art Vergnügungscenter gemacht, mit einer Kneipe, einem Restaurant und – als Clou des Ganzen – einem wechselweise als Konzerthalle oder Discothek zu verwendenden Saal anstelle des alten Schwimmbassins. Ein geschickter Innenarchitekt hat einen Touch von Badeanstalt erhalten (der Boden der Tanzfläche ist hellblau gekachelt), und deshalb heißt der Komplex, für alle Vergnügungssüchtigen aus Münster und Umgebung ein Begriff: *Bad*.

Carlo Ponti ist natürlich ein Künstlername. In den Siebzigern spielte Carlo als Schlagzeuger in den Bands von mehreren mittleren Rock-Größen. Später machte er auch vor seichten Schlageraffen nicht halt und so verdiente er sich eine goldene Nase. Seine künstlerische Leistung blieb vor allem unter Musikkritikern umstritten. Einige meinten, er habe halt das Glück gehabt, zufällig an der richtigen Stelle gewesen zu sein, als sich Rio Reiser und Herbert Grönemeyer nach einem Schlagzeuger umguckten. Sicher aber war Carlo Ponti clever genug, um nicht bis zur vorgezogenen Rente durch immer kleinere Konzertsäle zu tingeln. Rechtzeitig hatte er sich in Münster eine zweite Existenz aufgebaut, wahrscheinlich aus Heimatverbundenheit, denn er stammte aus einem winzigen Dörfchen im Emsland, jenem unsäglich tristen und langweiligen Landstrich, der nördlich von Münster beginnt und irgendwann abrupt ins Meer kippt.

Nur gelegentlich stieg Carlo Ponti noch auf die Bühne. Und dann und wann begleitete er einen Rock-Opa auf der allerletzten Abschiedstour. Er machte das weniger aus finanziellen Gründen, mehr, um seinen Ruf als Musikerlegende wach zu halten. Der war die halbe Marketingstrategie fürs *Bad*.

Ich wusste das übrigens, weil ich Carlo Ponti, noch in meiner Zeit als Rechtsanwalt, in einem Unterhaltspflichtprozess vertreten hatte. Wir gewannen – aufgrund der Blutuntersuchung. Und Carlo Ponti erzählte mir pausenlos von seinem ereignisreichen Leben. Ein anderes Thema kannte er nicht.

Ich parkte vor dem *Bad* und umkurvte zu Fuß den Gebäudekomplex, da die Büros auf der Rückseite lagen. Im Vorzimmer traf ich eine Dame im Tigerlook, die aussah, als würde sie Schreibmaschinen nur aus Fernsehserien kennen, und Hajo Gries. Hajo war Carlos rechte Hand und generell für alles verantwortlich, was der große Zampano verbockt hatte.

»Gut, dass du kommst«, sagte Hajo. »Carlo wartet schon auf dich.«

Durch die Seitentür betraten wir eine Mischung aus Garderobe und Chefzimmer. Auf dem Boden lagen diverse Musikinstrumente, wie von einem nervösen Musiker in der Aufwärmphase für sein Konzert verstreut, und an einer Seite prangte ein echter Schminktisch mit Spiegel und zwanzig Glühbirnen drum herum. Den Kontrast dazu bildete ein überdimensionaler Schreibtisch im Jugendstil. Hinter dem Schreibtisch stand ein beinahe ebenso imposanter Sessel und auf diesem flegelte sich Carlo Ponti. Er trug Jeans und die obligatorischen Turnschuhe, die zusammen mit den Füßen auf dem Schreibtisch lagen. Die langen und schon etwas dünnen Haare wurden durch ein Stirnband aufgemotzt, der Dreitagebart ging nahtlos in die wallende Brustbehaarung über, die aus dem bis knapp über dem Bauch geöffneten Holzfällerhemd quoll.

Carlo Ponti telefonierte.

Ich setzte mich in einen der Sessel vor dem Schreibtisch und wartete. Carlo schenkte mir ein knappes, aber gnädiges Lächeln. Er quatschte eine Viertelstunde und drückte dabei die Gage für den Auftritt einer Newcomer-Band um 2.000 Mark.

»Völlig verrückt«, sagte er anschließend zu mir. »Diese Agenten glauben, wenn ihre Bubis eine Goldene Platte gemacht haben, können sie jeden Schweinepreis verlangen. Aber nicht mit mir.«

Carlo Ponti ging stramm auf die fünfzig zu, sah aber kaum älter aus als Mick Jagger.

»Hajo, lass uns allein!«

Hajo verschwand wortlos und Carlo nahm die Füße vom Schreibtisch.

»Lange nicht gesehen. Wie geht's denn so, Schorsch?«

»Gut«, sagte ich.

»Immer noch im Detektivgeschäft? Mit der Kamera klick, klick machen, wenn der Chef seine Sekretärin vernascht?« Er lachte, als hätte er einen Witz gemacht.

»Ehegeschichten gibt's kaum noch. Die meisten Fälle drehen sich um Versicherungsbetrug und Wirtschaftskriminalität.«

»Wirtschaftskriminalität, so so.« Er ließ das Wort auf der Zunge zergehen. »Hast du nicht selber so 'n Dingsda, so 'n Secondhand…«

»Kaufhaus«, ergänzte ich. »Klar, damit verdiene ich mein Geld. Die Detektivarbeit betreibe ich als Hobby. Umsatzstatistiken machen mich auf Dauer depressiv.«

»Mann, wie ich dich verstehe«, lachte er. »Glaubst du, mir macht das Spaß, den Laden hier in Schuss zu halten? Aber kaum bin ich mal vierzehn Tage auf Tour, geht alles drunter und drüber. Hajo ist ein netter Kerl, ihm fehlt bloß der Überblick. Wenn ich nicht alles selber mache …«

Er stand auf, wanderte durch den Raum und hob eine Gitarre auf. Selbstvergessen spielte er den Refrain eines Klassikers.

»Ab und zu muss ich raus aus dem Money-Making-Trouble. Back on stage. Wenn der erste Spot angeht, fliegst du ab. Zwei Stunden Show sind besser als vier Wochen Kur, sag ich dir. Mein Gott, wenn das nicht wäre, ich hätte mich längst erschossen. Ehrlich.«

Langsam kehrte er zu mir zurück. »Schorsch, ich brauche dich.«

»Wofür?«

»Ich brauche dich als Detektiv. Ich brauche deine Schnüfflerqualitäten. Du sollst für mich spionieren.«

»Und was soll ich schnüffeln?«

»Ich werde bestohlen. Ausgenommen wie eine Weihnachtsgans.«

»Von wem?«

Ich bekam einen Schlag vor die Schulter.

»Schorsch, wenn ich das wüsste, bräuchte ich dich doch nicht, oder?«

Alle Wilsberg-Krimis ...

Und die Toten läßt man ruhen
Der erste Wilsberg-Krimi
Vom ZDF verfilmt
ISBN 978-3-89425-006-5, E-Book: ISBN 978-3-89425-879-5

In alter Freundschaft
Der zweite Wilsberg-Krimi
Vom ZDF verfilmt
ISBN 978-3-89425-020-1, E-Book: ISBN 978-3-89425-880-1

Gottesgemüse
Der dritte Wilsberg-Krimi
E-Book: ISBN 978-3-89425-881-8

Kein Fall für Wilsberg
Der vierte Wilsberg-Krimi
ISBN 978-3-89425-039-3, E-Book: ISBN 978-3-89425-888-7

Wilsberg und die Wiedertäufer
Der fünfte Wilsberg-Krimi
Vom ZDF verfilmt
ISBN 978-3-89425-047-8, E-Book: ISBN 978-3-89425-889-4

Schuß und Gegenschuß
Der sechste Wilsberg-Krimi
ISBN 978-3-89425-051-5, E-Book: ISBN 978-3-89425-890-0

Bären und Bullen
Der siebte Wilsberg-Krimi
E-Book: ISBN 978-3-89425-891-7

Das Kappenstein-Projekt
Der achte Wilsberg-Krimi
Vom ZDF verfilmt
ISBN 978-3-89425-073-7, E-Book: ISBN 978-3-89425-892-4

Das Schapdetten-Virus
Der neunte Wilsberg-Krimi
ISBN 978-3-89425-205-2, E-Book: ISBN 978-3-89425-893-1

... auf einen Blick

$|g|r|a|f|i|t|$